怪談5分間の恐怖

ひとり増えてる…

中村まさみ

親による子殺し、子による親殺し、無差別殺人、親や身内による虐待死《ぎゃくたいし》……。
なぜ、人の世はここまですさんでしまったのでしょう。
人の心にひそむ闇《やみ》が、日を追うごとに深くなり、
それまではあたりまえであったはずの感情を無にしてしまう。
そんな闇《やみ》におかされそうな世の中に、一筋《ひとすじ》の光が届《とど》いたなら……。
自らの存在《そんざい》こそが奇跡《きせき》であり、それは〝いまを生きたかった〟人々の上に存在《そんざい》する。
怪談《かいだん》というツールを用いて、
ほんの一瞬《いっしゅん》でも命の尊厳《そんげん》・重さ・大切さを感じてもらえたなら……。
そんなことを思いながら、
これからわたしが体験した〝実話怪談《かいだん》〟をお話ししましょう。

怪談師《かいだんし》　中村まさみ

もくじ

日《ひ》傘《がさ》

いまから十年ほどまえ。

友人の家で小さな集まりがあり、わたしはそこへ向かっていた。

友人の家は、渋谷区《しぶやく》の閑静《かんせい》な住宅街《じゅうたくがい》。

坂道に差しかかり、ふとまえを見ると、日傘《ひがさ》を浅めに差した人がふらりふらりと歩いている。

六十代くらいだろうか、清楚《せいそ》ないでたちのご婦人で、美しい白髪《しらが》をうしろでひとつにまとめている。

その歩調は実におだやかで、いくぶん先を急ぐわたしは、またたく間に追いついてしまった。

「ふう」

ご婦人は不意に立ちどまると、日傘《ひがさ》をすこしずらし、ひと息つきながら夏の炎天《えんてん》を見あげている。

その上品な物腰《ものごし》に、わたしはすこしばかりの風情《ふぜい》を感じつつ、広く空いているご婦人の左側をそそくさと追いぬいた。

「暑いですねぇ」

すぐうしろから声がした。

「ええ本当に」

そう返しながらわたしがふり向くと、そこにはだれもいなかった。

まだセミも鳴かない、梅雨明《つゆあ》けまぎわの昼下がりだった。

いなかの便所

三十年ほどまえの話。

高校生になったばかりの友人・早苗《さなえ》は、その日の放課後も、おそくまでクラスに残り、友だち数人で怖《こわ》い話に興じていた。

それぞれの親の実家、祖父母の住む家の話でもりあがっていたが、早苗《さなえ》の親の実家は近所にあり、早苗《さなえ》はすこしさびしい思いで話を聞いていた。

「遠くにいなかのある人がうらやましいよ」

早苗《さなえ》がそういうと、明子という友だちが自分の体験を話しはじめた。

「あたしは最近まで、母親の実家にしか行ったことがなくてね。去年初めて父親の故郷《こきょう》に行ったんだけどさ……」

明子の父の実家は和歌山のはずれにある。

ただでさえ時間がかかる道のりなのに、途中《とちゅう》で道に迷ったことも災《わざわ》いして、予定をはるかにこえ、到着《とうちゃく》したのは真夜中に近かった。

孫たちがきたらいっしょに食べようと、祖父母が用意していてくれた晩《ばん》ごはんもそこそこに、つかれ切った明子は、そのままふとんにもぐりこんだ。


どれくらい時間がたっただろう。

明子は猛烈《もうれつ》な尿意《にょうい》をもよおし、目を覚ました。

祖父母の家のトイレは、母屋《おもや》を出た庭先に設置されていた。

(いやだなぁ。こんなに暗いのに、外へ行かなきゃならないなんて……)

とはいえ、ことは急を要する。〝怖《こわ》いから行かない〟ですむほどの余裕《よゆう》はもうない。

静まりかえったいなかの夜。周囲にあかりのたぐいはなにひとつない、まったくの闇《やみ》。

明子はおそるおそる縁側《えんがわ》へ出ると、そこに置いてあったサンダルをはいて、闇《やみ》にうかぶ小さな建物を目指して歩いて行った。

「ああもう、本当にもれそう！」

そういいながらとびらを開けると、明子は和式の便器をまたいで、用を足しはじめた。

「はあ、間に合った……」

安堵《あんど》のため息をつき、なにげなく目のまえに視線《しせん》を向けた、その瞬間《しゅんかん》！

思わず明子は「ぎゃあああっ！」と、さけびそうになった。

まるで立体感のない、うすっぺらな女性が目のまえに立っている。

だがそれが、そこにかけられたかけじくであると理解するまで、さほど時間はかからなかった。

「ゆ、ゆ、幽霊《ゆうれい》のかけじくをトイレに!?　なんて悪趣味《あくしゅみ》な家なの、ここ！」

ただでさえ真っ暗な闇《やみ》の中にあるうす暗いトイレの中に、幽霊《ゆうれい》の絵をかざるとは！　おどろきは、すぐにいかりへとすりかわった。

（おじいちゃんとおばあちゃんに、明日起きたら、いちばんに文句いってやろう！「あたしを殺す気ですか！」って）

ぶつぶつとひとりごとをいいながら、明子はねどこへもどり、旅のつかれもあって、そのまま朝までぐっすりとねむった。

朝、チュンチュンとさわやかな鳥の声がひびいている。

「明子、そろそろ起きなさいよ。外はいい天気よ」

母にうながされ、明子は着がえをすませると、昨晩《さくばん》、怖《おそ》ろしい目にあったトイレへと立った。

（あなたがそこにいるのはわかってる。もうおどろかないんだから！）

そう思いながらも、やはり起きがけに幽霊《ゆうれい》の絵を見るのは、好ましいものではない。

明子は静かにとびらの取っ手に手をかけると、そうっと開いて中をのぞきこんだ。

「あれ？」

そこにかけじくは見あたらず、それがあった場所には、くりぬかれた小窓《こまど》があるだけ。

「おじいちゃんかおばあちゃんが、早くにはずしたのかな？　聞いてみよっと」

朝ごはんの席で、明子はかけじくのことをさっそく聞いてみた。

祖父母はきょとんとして、顔を見あわせていった。

「そんなものかざるわけないだろう」

道の先

その場所自体は、まったく怪異《かいい》につながるものはなにもない、クリーンな環境《かんきょう》であっても、そこを訪《おとず》れた者が、どこからか持ちこんでしまい、その場所、その建物との因縁《いんねん》や因果とは関係なしに、怪異《かいい》現象を引きおこしてしまうことがある。

あるとき泊《と》まった、沖縄読谷村《おきなわよみたんそん》のホテルもそうだった。

ホテル自体にはなにもないのに、泊《と》まり客であるわたしが持ちこんだと思われる事案だ。

以前、あるホテルでとんでもない体験をして以来、わたしはずっと間接照明を点《つ》けてねることにしている。もちろん読谷《よみたん》のホテルでもそうしていた。

泊《と》まりだして、なん日かしたころだった。

〝ジャコッ……イイィィ……ジャキッ〟

ねいりばな、いきなり入り口のドアが開き、続いて普通《ふつう》に閉《と》じる音がした。
（あれ？　部屋のそうじは、いらないっていっといたのになぁ……）
ねぼけてそんなことを思ったが、むろん深夜にそうじにくるはずもない。
すると……

〝カツッコツッカツッコツッカツッコツッ〟

こんどはヒールの音だ。
それに気づき、わたしははっと我《われ》に返ったが、同時に金しばりにおちいった。
と同時にさきほどの足音は、部屋の中を歩きまわりだした。
（な、なんでだよ！　だれだよいったい!?）
そう思った瞬間《しゅんかん》……。

〝ガツガツガツガツガツガツガツガツッ!!〟

足音はわたしの足元で止まり、ものすごい勢いで足ぶみをしだしたのだ。

わたしの頭に、赤いエナメルのヒールと、赤いワンピースを身にまとった女性の姿《すがた》がうかぶ。

はっきりとその姿《すがた》を現したわけではないが、脳内《のうない》にイメージとして伝わってくるのだ。

しかしその気配はほどなくして消えさり、わたしもいつしかそのまま、ねむりに落ちていった。気がつくと朝になっていた。

その日は朝から地元の友人に車を借り、那覇《なは》にいる旧友を訪《たず》ねることになっていた。昨年、数十年ぶりの再会を果たし、今日は再会後、二度目の訪問《ほうもん》となる。

昔なじんだ町並《まちな》みをぬけ、昼まえに友人宅《ゆうじんたく》に到着《とうちゃく》。

幼《おさな》かったころのさまざまなできごとや、いまは彼岸《ひがん》にわたってしまった、クラスメイトの我《が》那覇《なは》さんをしのびつつ、その女の子の思い出話などに花がさいた。

友人の家族から、晩《ばん》ごはんを食べていきなさいとすすめられ、ありがたく温かなだんらんに招かれて、席を立ったのは10時をすこし回ったころだった。

国道58号線を北上し、車は浦添《うらそえ》のあたりに差しかかった。

とそのとき、車内に、まったく覚えのない、香水《こうすい》の香《かお》りがただよいだした。気づくと右方向を示すウインカーが点滅《てんめつ》している。

しかもいつの間にか車は、曲がる予定もない交差点の右折車線に入っている。とにかくいったんは、ここを曲がらなければならない位置だ。

「なぁにをやってんだ、おれは！」

思わずそんな言葉をもらしながら、やむなくそこを右に曲がった。

(とにかくどこかでUターンしなきゃな)

そう思いながら車を進めるが、進むにつれ、道はやたらと細くなっていき、とてもではないが、このあたりでの転回などできる感じではない。

わたしは街灯ひとつない細い路地を、しかたなくどんどんおくへと入っていった。

見ると、道は極端《きょくたん》に右側へカーブしており、先がどうなっているのか、まったくわからない。

わたしはその場でいったん車を止め、このまま進むべきかもどるべきかを考えあぐねていた。

すると、不意に後部座席《ざせき》から、やわらかな女性の声がひびいた。

「もうすぐ。進んで……」

「う、うわっ！　だれっ!!」

だれもいるはずのない、真っ暗な車内。そこに向けて、わたしは思わず声を張った。

（こ、この先に、Uターンできる広い場所があるのかもしれない！）

急にそんな思いがして、わたしはそのまま車を前進させた。

見えていたカーブを曲がると、こつぜんと開けた場所に出た。

細い道の先にある終着駅。

そんな表現が合う広場が広がっている。そこから先へのびた道は見あたらない。

わたしの口から、ほっと安堵《あんど》のため息がもれた瞬間《しゅんかん》、わたしの目に、あるものが飛びこんできた。

「あっ!!　あれは……お墓！」

行きついた先は、沖縄《おきなわ》独特の形状をしている亀甲墓《かめこうばか》だった。

墓の敷地《しきち》の入り口に立派《りっぱ》な門が付いており、そこに大きめの表札のようなものがかかげられているのが見える。

墓に向かって一礼して、車を転回させる。そのとき、おそるおそる、その表札を確認《かくにん》して、わたしは思わず悲鳴をあげそうになった。そこには……

［我那覇《がなは》］

そう書かれていたからだ。

わたしはその場をだっして急いで国道へもどると、一軒《けん》のコンビニを見つけて、そこへ飛びこんだ。

携帯《けいたい》を取りだし、さきほどまでいっしょだった友人に電話する。

昨晩《さくばん》ホテルの部屋で起こったこと、車内で香《かお》った香水《こうすい》のことなどを伝え、わたしは最後にたずねた。

「我那覇《がなは》さんの実家は？」

彼女《かのじょ》の実家は、浦添《うらそえ》だった。

「彼女《かのじょ》は事業に失敗してな、那覇《なは》市内にあるバーで働いていたんだが、仕事中に店内でたおれて、救急車が到着《とうちゃく》したときには亡《な》くなっていたんだ……」

友人の言葉を聞いたとたん、昨晩《さくばん》わきあがった女性のイメージが思いおこされた。

真っ赤な衣装《いしょう》に身を包む……。

確かにそれは、日常生活とはかけはなれている。

そして友人は、最後にこう付けくわえた。

「あの子は……我那覇《がなは》さんは、おまえが好きだったんだ。転校していくとみんなのまえで発表した日の放課後、彼女《かのじょ》はクラスにひとり残って、おまえの机《つくえ》で泣いていたと、葬儀《そうぎ》の日に担任《たんにん》だった先生から聞かされた」

友人は鼻声でそういうと、受話器をふせて無言で泣いていた。

沖縄《おきなわ》に〝我那覇《がなは》〟という苗字《みょうじ》は少なくない。

だがこれを単なる偶然《ぐうぜん》とすることは、あまりに乱暴《らんぼう》な気がしてならない。

その後、彼女《かのじょ》に関《かか》わるような怪異《かいい》は、なにひとつ起こっていない。

長い髪《かみ》

いまから二十四、五年まえになるだろうか。

わたしの友だちである金子という男が、一組の男女を連れて遊びにきた。

小田切というその男は、金子の先輩《せんぱい》だそうで、いっしょにきた女性と近々結婚《けっこん》するという。

小田切は見るからに軽い印象で、常にクチャクチャとガムをかみ、応対ひとつ取っても横柄《おうへい》極《きわ》まりない男。ところが、打って変わって彼女《かのじょ》は清楚《せいそ》な感じで、いかにも育ちのいいお嬢様《じょうさま》というタイプだった。

失礼とは思ったが、一見して不釣《つ》り合いなふたりに、わたしはすこし違和感《いわかん》を覚えてしまった。

その日は軽い食事のあと、四人で近くのカラオケへ行き、日付が変わるころにお開きとなった。

それから半月ほどたったころ、仕事から帰ると、金子から電話が入った。

わたしはその内容に言葉を失った。

先日いっしょにカラオケへ行った、小田切の彼女《かのじょ》が亡《な》くなったというのだ。

「まぁ、おまえには直接的なつながりはないんだけど、一度とはいえ、ついこの間いっしょに遊んだ仲だしさ、明日の通夜《つや》だけでも顔出さないかと思って……」

金子のいうことも理解できる。結婚《けっこん》を前提にしていた小田切も、さぞかし傷心《しょうしん》なことだろう。

そう思って、わたしはこころよく通夜《つや》への参列に同意した。


翌日《よくじつ》、わたしは斎場《さいじょう》で金子と落ちあい、受け付けをすませ、香典《こうでん》を納《おさ》めた。

喫煙《きつえん》場所へ移動して、一服しながら金子にたずねた。

「こんなこと聞いちゃなんだけど、彼女《かのじょ》、いったいなんで？」

「うん……実はな……自殺したんだ、彼女《かのじょ》」

「なっ！　なんでっ!?」

「悪いな。それについちゃ、いまおれの口からいうべきじゃないと思う。とにかく今日は、彼女《かのじょ》の通夜《つや》だからよ」

違和感《いわかん》があったとはいえ、ふたりは仲むつまじい雰囲気《ふんいき》だった。近々結婚《けっこん》すると、ニコニコと笑顔《えがお》の絶えなかったあの彼女《かのじょ》が、なんと自ら命を絶っていたとは……。

わたしの目は自然と小田切を追っていた。

当の小田切はというと、受付から見えない場所に座《すわ》りこみ、喪服《もふく》も着ずに、ぼんやりと空を見つめている。

祭壇《さいだん》のまえで、僧侶《そうりょ》がお経《きょう》を読み、焼香《しょうこう》が始まった。

やがてわたしの順番になり、炉《ろ》にひとつまみの香《こう》をたき、目をつぶって手を合わせた。短い人生に自ら幕《まく》を引いてしまった故人の冥福《めいふく》を祈《いの》る。

ふと見ると、棺《ひつぎ》の小窓《こまど》が開いていた。宗派《しゅうは》によってちがうのだろうが、ここはこうするんだな……と思いつつ、わたしはなにげなく、棺《ひつぎ》に横たわる彼女《かのじょ》の顔を拝見《はいけん》しようとのぞきこんだ。

瞬間《しゅんかん》、わたしは思わず「あっ！」と声が出そうになるのを、必死でこらえた。

なんと、棺《ひつぎ》に納《おさ》まっている彼女《かのじょ》の目が、パッチリと開いているのだ。わたしのうしろに続いていた金子もそれに気づいた。

「ちょっと！」

金子はすぐさま、斎場《さいじょう》関係者に指示を出し、焼香《しょうこう》の列を止めた。白手袋《しろてぶくろ》を着けた数人のスタッフがかけ寄り、彼女《かのじょ》のまぶたをそっと閉《と》じようと試みる。しかしなんど試《ため》しても、その目が閉《と》じることはなかった。

葬儀《そうぎ》の途中《とちゅう》でもあり、結局、棺《ひつぎ》の小窓《こまど》を閉《し》めて、通夜《つや》は続いた。

数日後、金子から電話があり、いまからわたしの家にくるという。わたしは、部屋の中をざっと片付《かたづ》けて、金子の到着《とうちゃく》を待った。

金子は小田切を連れていた。あいかわらず、クチャクチャとガムをかんでいる。

「どうしたの、ふたりそろって？」

「先輩《せんぱい》がほら、この間のお礼がしたいっていうからさ……」

金子はそういったが、葬儀《そうぎ》の当日でさえ、ひとこともなかった男が、いまさらやってきてなんの用なんだと思った。

「彼女《かのじょ》……いったいなにがあったんです？」

ふんまんやるかたない気持ちから、思わずわたしの口をついて出ていた。

金子の顔色が青ざめていくのがわかる。それでもわたしは止《や》めなかった。

「結婚《けっこん》するって、幸せになるって、あんなにはしゃいでたのに」

すると小田切は、まゆひとつ動かさないまま、なかばにやけた顔を向けてこう答えた。

「おれってほら、遊びぐせっていうかさ、いろんなとこに女がいるじゃん？　そんであいつは、それが気に入らなかったみたいなんだよね～」

わたしの頭の中で〝ブチッ〟と音がした。

「てめえそれでも男なのかよ！　彼女《かのじょ》の喪《も》も明けてねえってのに、なんだそのいい草ぁ!!」

「おい！　やめろって！」

そういいながら、金子が止めに入る。

（このくさった野郎《やろう》を、このまま帰すわけにはいかない！）

わたしにも、いくばくかの節度というものはあるが、このときばかりは、猛烈《もうれつ》ないかりをおさえることができなかった。

「てめえのせいで、彼女《かのじょ》は自殺したんだろ！　彼女《かのじょ》を死に追いやったのは、てめえじゃねえか！　ちがうかおい！」

それを聞いたとたん、小田切はその場にくずれおち、おいおいと声をあげて泣きだした。

さきほどまでいきがっていた小田切の姿《すがた》を見て、えもいわれぬ悲しみが、わたしに流れこんできた。なぜだかわたしは、わきあがってくる涙《なみだ》をおさえきれなかった。

「悪かったな中村。またそのうちくるから」

金子はそういって、まだ泣きやまないでいる小田切をかかえて帰っていった。


それから二週間ほどたったころ、金子が晩飯《ばんめし》でもいっしょに食べようといってきた。

しばらく待つと、うちに作業着を着たままの金子がやってきた。どうやら、仕事場から直接きたらしい。

近くのレストランへ行き、かんたんに食事をすませると、金子はすまなそうにこの間のことを話しだした。

「本当にすまなかったな」

そんなことはいいと伝えると、金子は一瞬《いっしゅん》考えたような顔をして、話を続けた。

あの数日後、金子が仕事からもどると、小田切が家のまえで待っていたという。

「どうしたんですか？　と聞くとな、別になにもないが、これから軽く飲みに行かないかっていうんだ。あの人はもともと、酒を飲まん人だからな。めずらしいこともあるもんだと思いながら、近所の居酒屋へふたりで向かったんだ……」

なんてこともない世間話をしていると、金子は不意に小田切の妙《みょう》な行動に目がいった。

小田切はなんどもなんども自分の背中《せなか》に手を回し、ある一か所を必死にさわっている。

「どうしたんです？　どこか痛《いた》いんですか？」

ようすが気になった金子がたずねた。

「あのな、背中《せなか》の真ん中辺が、さっきからチクチクするんだよ……」

「だからおれは、ちょっと見ましょうかっていって、Tシャツの上からのぞきこんだんだが、彼《かれ》がいう背中《せなか》の真ん中辺に、確かになにかあるんだよ」

目に飛びこんできたものが、あまりに信じがたいものだったため、金子は小田切にシャツをすそからまくりあげるようにたのんだ。

すると、背中《せなか》のほぼ中央のあたりから、長い毛がなん本か生えている。

しかもそれは、たまたま背中《せなか》についたとか、シャツに入りこんだというようなものでは絶対になかった。

確実に小田切の背中《せなか》から〝生えて〟いるのだ。

「それを指でつまんで、すこし引っぱってみたんだが、すごい勢いで先輩《せんぱい》が痛《いた》がるんだ……」

それでも小田切は、その毛を抜《ぬ》いてくれと懇願《こんがん》する。

でもそのとき、金子には恐怖《きょうふ》にも似た感情がわきあがっていた。

「その毛っていうのがな、中村。どう見ても『髪《かみ》の毛』なんだ。それも茶色くカラーが入れてあって、真っすぐな……」

茶色のカラーをしたストレートのロングヘア……。

まぎれもなく先日亡《な》くなった婚約者《こんやくしゃ》のものだと、わたしはすぐに気づいた。

「抜《ぬ》いた毛を見せると、小田切さんは青ざめて、逃《に》げるようにして帰ってった……」

「あの人は、ろくな死に方しねえぞ……」

わたしの言葉に金子が固まっている。フリーズが解けると、金子は一点を見つめたまま、ゴクリと水を飲んだ。


それからすぐに、小田切は死んだ。

「先輩《せんぱい》はあのあと、すぐに新しい彼女《かのじょ》ができてな。本来乗せちゃいけないことになってるんだが、自分のトラックの助手席にその子を乗せて、ドライブがてら各地を回ってたんだ。

ある日、彼《かれ》は岐阜《ぎふ》からタイル一式を引きとって、埼玉《さいたま》の倉庫に持って行くはずだったんだが……」

予定より早く埼玉《さいたま》に着いた小田切は、いったん会社へもどり、駐車場《ちゅうしゃじょう》の定位置に車を停《と》めた。

彼女《かのじょ》を乗せていることがばれれば、会社から大目玉をくらう。それで小田切は彼女《かのじょ》を運転席のうしろにある、ベッドスペースの中にかくれさせていた。

車を停《と》めたとたん、異常《いじょう》な眠気《ねむけ》におそわれた小田切は、シートをたおして仮眠《かみん》に入った。その間、彼女《かのじょ》は静かにベッドスペースにかくれていたが、いつになっても起きない小田切にしびれを切らし、小田切をゆりおこした。

そのとき、もう小田切は死んでいて、すでに死後硬直《こうちょく》が始まり、かたくなっていたという。

黒い靴《くつ》下《した》

いまから三年ほどまえのことだ。

わたしは沖縄《おきなわ》に長期滞在《たいざい》する際は、中頭郡読谷村内《なかがみぐんよみたんそん》にある、ちょっとおしゃれなホテルを定宿としている。

そこの3階にはランドリーが設置されており、宿泊者《しゅくはくしゃ》であればだれでも自由に使うことができる。

沖縄《おきなわ》にきて数日がたち、わたしはたまりだした衣類を持って階下に行き、洗濯機《せんたくき》に放《ほう》りこんでスイッチを入れると、ふたたび部屋へもどった。

数十分後、衣類を洗濯機《せんたくき》から乾燥機《かんそうき》に移しおえ、わたしは一ぱい飲もうと、同行者たちと出かけることにした。

外出からもどり、すぐにランドリーに向かう。乾燥機《かんそうき》を開け、ほかほかに仕上がった衣類を部屋へと持ちかえる。

Tシャツをかんたんにたたみ、間に下着と靴下《くつした》をはさむ。最後の一枚《いちまい》を持ちあげたときだった。

「あれ？」

なにやら黒っぽいものが、はらりと床《ゆか》に落ちるのが見えた。

拾いあげてみると、片方《かたほう》だけの男物の靴下《くつした》だ。

それもやや厚い冬物で、全体はひどくすれて、毛玉がびっしりとついている。

（だれのだろう？　きっと乾燥機《かんそうき》か洗濯機《せんたくき》の中に残っていたんだな……それにしても沖縄《おきなわ》でこの厚い靴下《くつした》はないだろうに……）

あとでフロントへ届《とど》けようと、わたしは使っていないベッドの方に放《ほう》り投《な》げた。

すべての衣類をトランクにしまい、廊下《ろうか》にある自販機《じはんき》でビールでも買おうと立ちあがる。そのついでに、さきほどの靴下《くつした》をフロントへ届《とど》けようと、放ったはずのベッドへ目をやる。

「んっ?　どこ行った?」

さきほどまで、まちがいなく目のまえにあったはずの黒い靴下《くつした》が、こつぜんとなくなっている。

すこし気味が悪くなり、そこから徹底的《てっていてき》に部屋中を探《さが》しまわったが、とうとう靴下《くつした》が見つかることはなかった。

翌日《よくじつ》は朝から晴天だった。

季節はとうに秋だというのに、気温は朝から30度をこえている。

わたしは借りた車に飛びのると、近くにある行きつけの海岸へ飛びだした。

ここは観光客のあまりこない穴場《あなば》で、沖縄《おきなわ》にくるときには必ず足を運ぶ、わたしのお気に入りの浜《はま》だった。

真っ白な砂地《すなじ》と岩場が混在していて、干潮時《かんちょう》には岩を伝ってとなりの浜《はま》へ行くこともできる。

そこには、シャコガイなどのきれいな形の貝がらがあり、袋《ふくろ》でもあれば、無料の土産《みやげ》がたくさん手に入った。

いつもの買い物袋《ぶくろ》をポケットに入れ、岩を伝いながら、となりの浜《はま》に降《お》りたつ寸前《すんぜん》……

(えっ、人がいる!?)

岸側の砂地《すなじ》に自生するアダンの木の根元に、人の足が見える。しげみに頭をつっこむようにして、あおむけにねそべっているようだ。

(地元の人？　観光客か？　いくら日かげになるといっても、あんな場所にねてちゃハブにかまれちまう)

他人事《ひとごと》ながらわたしは心配になった。

近くへ行ってひとこと注意してあげようと思い立ち、足場を確認《かくにん》しつつ、わたしは岸側に向かった。

ところが、岸に行ってみても、さきほど見た足は、どこにも見あたらない。

やがて、わたしは気づいて、はっとした。

その足は、片方《かたほう》だけ靴下《くつした》をはいていた。しかも黒い靴下《くつした》を……。

ふと地元の人たちの言葉が思いうかんだ。

「中村さん、見てみなさい。この海は、あのとき水平線にいたるまで真っ黒になったんですよ」

一九四五年。そのとき、海は、アメリカ海軍の軍艦《ぐんかん》によってうめつくされた。

そして間もなく開始された艦砲射撃《かんぽうしゃげき》。島の人口のほぼ半分の人々の命がうばわれた。この浜《はま》こそ、アメリカ軍が上陸してきた場所だった。

ふたりの自分

いまから三十年ほどまえになるだろうか。当時は、パーソナル無線が大流行していた。AM波だけだった無線をFM波とすることで、一般《いっぱん》ユーザーにも広く普及《ふきゅう》していった。流行の勢いは、いまでいうとスマホのような感じといえば、若《わか》い読者のみなさんにもわかっていただけるかもしれない。街中を走る車で、無線のアンテナが上がっていない車の方が、もしかしたら少なかったかも……というほどだった。

ある日のこと。

わたしは友人数人といっしょに、夜の海を見に行った。

その帰り道、これからわたしの家で一ぱいやろうということになり、家の近くのコンビニに立ちよった。

わたしはちょうどそのとき、ある人と無線交信中だったため、ひとり車に残っていた。当時毎月欠かさず購読《こうどく》していた車雑誌《ざっし》があり、その日はちょうど発売日だったため、本当はいっしょに店内へ入りたくて仕方なかった。

なかなか話を終えようとしない交信相手に、わたしはすこしいらついていたが、むげに無線を切るわけにはいかない。それがわたしたちの暗黙《あんもく》のルールだった。

ふと車のウインドーごしに店の方を見ると、手に手にレジ袋《ぶくろ》をさげた四人がこちらにもどってくるのが見える。

やっとのことで交信を終了《しゅうりょう》したわたしは、運転席のドアを開けて友人のひとり・江藤《えとう》に声をかけた。

「悪い悪い！　やっといま相手が無線切ったからさ、ちょっとおれも買い物してくるわ！」

すると四人はお互《たが》いの顔を見あいながら、けげんな顔をした。

それに気づいたわたしは、ふくれた口調で江藤《えとう》にたずねた。

「なに？　お店行っちゃダメなの？」

「だっておまえ、さっき店に入ってきたじゃん！」

「なにいってんだよ?!」

わたしの口調を聞いて、神田《かんだ》が「まあまあ」とわって入る。

「よせよせ。なんか買いわすれたんだろ？」

女の子ふたりも、じっとわたしを見ている。

「なんだよみんな、からかうなって！」

わたしはすこしおかしいと思いはじめた。

「まーくん。本当にお店、入ってないの？」

「本当もなにも、おれはたったいま無線切ったとこだぞ。なんだってえのよ、いったい？」

「あのね、あたしたち四人とも……店の中にいるあなたを見たよ。あたしは話もしたし……」

史子《ふみこ》の言葉に、わたしはきつねにつままれたような気になった。

「おれはスナック菓子《がし》あさりながら、『あいつこないのかな?』って思ったんだ。そしたら〝ブーン〟って自動ドアが開いておまえが入ってきたんだ」

江藤《えとう》も〝証言〟した。

「あたしたち雑誌《ざっし》コーナーで女性誌《じょせいし》見てたけど、そしたらすっと横にきて、なにかを探《さが》してるようだったわよ。だからあたしが『まーくん、本買うの?』って聞いたら、『今日は車雑誌《ざっし》の発売日なんだ』って……」

ここまで具体的な史子《ふみこ》の言葉に、疑《うたが》う余地はなかった。

「そのやりとりはおれも聞いてたぞ」

江藤《えとう》が追い打ちをかけた。

確かにわたしは、その日、発売された雑誌《ざっし》が気になって気になって仕方なかった。

そのコンビニにはいつも数冊《すうさつ》しか入荷《にゅうか》されず、ちょっとおくれると売りきれになってしまうからだ。

でも、行ってないものは行ってない。

それもまたまぎれもない事実なのだ。

タンクローリー

わたしがまだ子どものころの話だ。

神奈川県《かながわけん》の辻堂《つじどう》に、わたしのはとこ家族が住んでいた。

ペンキ屋さんを営む両親に、わたしと同い年の正孝《まさたか》、ひとつ下の弟である正《ただし》の四人家族。

当時東京都北区に住んでいたわたしは、夏休みや冬休みともなると、休み中ずっとその家で過ごすのが慣例となっていた。


ある夏休みのことだ。

その日は朝から早々に宿題をすませ、正孝《まさたか》、正《ただし》をともなって、近くの海岸に遊びに出むいた。

昼は海辺に出るサザエのつぼ焼き屋を手伝い、バイト料代わりにと、腹《はら》いっぱい飯を食わせてもらう。

昼のかきいれどきが過ぎたら、いやというほど浜《はま》で遊び、三人とも真っ黒に日焼けして、日が西にかたむきかけるころ、帰宅《きたく》の途《と》についた。

いまだ止《や》まない蟬時雨《せみしぐれ》の中、テレビのヒーローものの話題に終始するわたしたちのあとを、ふくらんだままのうき輪をかかえて、まだ幼《おさな》い正《ただし》がちょこまかと付いてくる。

海側から真っすぐのびる道を行き、町工場のあるせまい角を左に曲がる。

その先には……わたしが以前から気になって仕方ない、ある〝物体〟が鎮座《ちんざ》していた。打ち捨《す》てられたタンクローリーのタンク本体だ。

本来ならばそれは、トラックの後部に設置されているべきものだが、どういう理由からか、そこにはタンクのみが置かれていた。

しかもタンクは真横を向いて、〝ゴロリ〟とした感じでそこにある。

タンクには、なんらかの液体を投入するための口があり、普通《ふつう》そこには、ふたがついている。しかし目のまえのものにふたはなく、直径50～60センチほどの黒い穴《あな》が、ぽっかりとタンクの内部をのぞかせていた。

それがなぜだかはわからないのだが、そのときのわたしには、このタンクが気になって仕方なかったのだ。

タンクを横目に見つつ、その日はふだん通り家に帰りついた。

「そろそろごはんだからね～、手を洗《あら》ってきなさいな」

いとこおばにそういわれ、わたしは外にある手洗《てあら》い場へ向かった。

しかしどうにもわたしの中にある、〝気になる感〟がおさまらない。

「ちょっともう一度見てくる！」

わたしは思わず、いっていいた。

「見てくるって、あのタンクのこと⁉　なんでそんなにあれが気になるのさ⁉」

横にいた正孝《まさたか》が、きょとんとした顔でいった。

「お、おいおまえらどこ行く気だ？　飯だぞー！」

そういういとこおじの声を背中《せなか》で聞いて、わたしと正孝《まさたか》と正《ただし》は、たったいま帰ってきた道を、ふたたびかけもどった。

西にかたむいた日はさらに落ち、周囲はうす暗くなってきていた。空にはハタハタとコウモリが舞《ま》っている。

家からすこし行った所にある地蔵《じぞう》・道祖神群を横目で見ながら、そこから五分も歩くと、うすぼんやりと灯《とも》った裸電球《はだかでんきゅう》の街灯が見えてくる。例のタンクはその真下にある。

あと数メートルでタンクにたどりつく……というそのときだった。


ハアァアァアァアァアァアァアァアァアァアァァ〜


あきらかに女性のそれとわかるトーンで、息つぎもせずに発せられる甲高《かんだか》い声。

「な、なにこの声!? どこから……」

それはその場にいた三人すべてに聞こえていた。

思わず三人で顔を見あわせ、そして確信した。

その声は……あのタンクの中から聞こえていると！

周囲にはうっそうと雑木がしげり、昼日中であってもうす暗いその道……。ましてやいまは、紫紺《しこん》の夕闇迫《ゆうやみせま》る逢魔時《おうまがとき》である。

タンクに近づくにつれ、だんだんとその声は大きくなっていく。

その中になにかがいる……。

いまのわたしなら、絶対にそれ以上近づくことはしないし、それ以前にそんな時間にそのような怪《あや》しい場所を訪《たず》ねたりしない。

でもあのときのわたしたちは、あえてそれを確認《かくにん》しに足を運んだ。

ときおり明滅《めいめつ》する、傘《かさ》のかかった裸電球《はだかでんきゅう》だけが頼《たの》みの綱《つな》、心のより所だった。

わたしたちはおそるおそる、ぽっかりと開いたその穴《あな》を、そっとのぞきこんだ。

「な、なんだこれ⁇」

そう声をあげたのは正孝《まさたか》だった。

タンクは通常、１セル（荷室《かしつ》）ごとに内部を区切ってある。

そのひとつのセルの中で、なにかひし形の真っ黒いものが、ぐるぐると回転している。

三人はあっけに取られて、すこしの間、そのよくわからない回転する〝なにか〟をじっと見すえていた。回転するそれから、その声が発せられているのはあきらかだった。

激《はげ》しくぐるぐると回るそれの速度が、じょじょに落ちている。

と同時に、最初は横に広かった黒いひし形が、だんだん小さくなっていくのがわかった。

それは……女の首だった。

ひし形に見えていた黒いものは、回転によって広がった髪《かみ》の毛だったのだ。

「ううわあああああっ!!」

声にならぬ声を発し、わたしと正孝《まさたか》は両側から正《ただし》のうでを引っつかみ、一目散にかけだした。

息急《いきせ》き切って玄関《げんかん》に転がりこむと、いとこおじのげんこつが待っていた。

「こりゃ！　飯だっていってんのに、どこほっつき歩いてんだ！」

そこでわたしたちは、いま見てきたものを、そっくりいとこおじに語って聞かせることにしたが、いとこおじは真剣《しんけん》にとりあわない。

わたしたちが家を空けているうちに、若《わか》い職人がひとり遊びにきていた。

いっしょにわたしたちの話を聞いていたその職人が、真面目《まじめ》な面持《おもも》ちで、いとこおじにこう進言した。

「親方。確かにあの辺には、まえからおかしなうわさがあるんです。この子らがいってるのも、あながちうそじゃないかも」

それを聞いたいとこおじは、ガハハと笑い一蹴《いっしゅう》した。

「なぁにが女の首だ？　だったらおれが見に行ってやる」

そういうと、注ぎかけたビールを置き、つっかけをはくと外へ出ていった。

そのあとを、わたしと正孝《まさたか》、職人の三人で追いかける。

ところが、タンクの中をのぞいても、なにひとつ怪《あや》しい影《かげ》は見あたらない。

「ばかやろう！　見たことか！　な〜んにもありゃしねえじゃねえか。女の首だの変な声だのいいやがって。……ったく！　おい、このまま飲みに行くぞ」

いとこおじはそういうと、職人と連れだって街へくりだしていった。

正孝《まさたか》とわたしが、とぼとぼと家へ帰ると、いとこおばがやさしく声をかけてくれた。

「ほらごらん。なにもいやしないだろ？　世の中には、そんなに怖《こわ》いことなんぞあるもんかね。さあさあ、すっかり冷めちまったけど、早いとこごはん食べちゃいな」

信じてもらえないのがくやしかったし、なんだか悲しかった。

わたしたちは見たものを正直に告げたのだが、大人たちはあっけなくそれを否定《ひてい》した。

「明日は早くから虫とりへ行くんだろ？　だったらとっととねなきゃ、朝起きられないよ」

いとこおばにそううながされ、風呂《ふろ》へ入って三人、川の字になって床《とこ》についた。


どのくらい時間がたっただろう。

真ん中にねている正《ただし》の方から、すすり泣く声が聞こえて、わたしは目が覚めた。

「おい、正《ただし》？　いったいどうし……」

静かに声をかけたわたしに、正《ただし》がジェスチャーで応える。

ふるえる手をそっと肌《はだ》がけから出し、正《ただし》は人差し指を窓《まど》に向けていた。

ハアァアアァアァアアアァアァァァァァァァァァ～

あの声だった。夕方聞いたあの声が、いままさに外にいて、考えられないくらいの速度で家の周りをぐるぐると回っている！

「うわ！　こっ、これ……」

わたしがそういったとたん、正《ただし》は大声を出して泣きだし、起き上がるとふすまを開け、いとこおばのもとへと走って行ってしまった。

あの日から数十年がたち、三人は大人になった。残念なことに、正孝《まさたか》はすでに交通事故で他界している。

あるとき、正《ただし》と会う機会があった。気味悪がられるかもと思いつつも、おそるおそるわたしはこの話を持ちだしてみた。

すると正《ただし》はきっぱりとこう答えた。

「ああ、はっきりと覚えてるよ。あれは本当に不思議で、怖《おそ》ろしい体験だったなぁ。生前、兄《あに》貴《き》も折に触《ふ》れ、この話をしていたっけ……」

やはりあの体験は現実に起きていたのだ。

真っ赤な百日紅《さるすべり》

天気がよくて、時間がある日は、よく近くの公園で、ウォーキングをしている。

その日は、家を出る直前にとつじょ、ざっと通り雨があったためか、いつもの見慣れた〝犬のお散歩連合〟（とわたしは呼《よ》んでいる）の姿《すがた》はなかった。

空を見あげれば、すでに西の空は赤く染《そ》まりかけている。

この公園の外周は約1キロ。それをいつも通り六、七周して、わたしは引きあげることにした。時計と反対回りに、ゆっくりと歩きだした。

半周ほどきたところで、なにげなく左手の林に目をやった。

「おおっとお！　こりゃ……びっくりしたー」

そこにある一本の木だけが、真っ赤に、それも本当にみごとな〝真紅《しんく》〟に染《そ》まっている。

それは、大きな百日紅《さるすべり》の木だった。

(なんでこの木だけ……?)

そう思って西の方に目をやると、建物と建物のわずかなすきまから差しこんだ入り日が、まるでスポットライトのように、その木だけを照らしだしているのがわかった。

ほんの一瞬《いっしゅん》だけ存在《そんざい》する、自然がおりなす〝偶然《ぐうぜん》〟を見ていようと、わたしは立ちどまって目をこらした。

と、そのとたん。

あぐぅ……ぐえっ……ごふうっ

その真っ赤な木から、とつぜんそんな声が聞こえて、わたしはぎょっとして周囲を見まわした。

ふたたびその木に視線《しせん》を向けたとき……木に男がぶらさがっていた。

「あの公園はね、なん人もの自殺者が出てるのよ。それもみんな林の木に縄《なわ》をかけてね……」

以前近所の美容室で聞かされた話を思いだし、わたしは足早にその場を立ち去った。

それ以来、その公園でウォーキングはしていない。

憑《つ》いてくる彼女《かのじょ》

あれは忘《わす》れもしない、18歳《さい》の夏のこと。

夜半になって、友人の越後《えちご》が、新しい彼女《かのじょ》を連れて遊びにきた。

短い髪《かみ》が清楚《せいそ》な印象を与《あた》える、いたって普通《ふつう》の感じの子で、にこにことほほえみ、わたしに向かって、ぺこりと頭を下げた。

（へえ、越後《えちご》のやつ、いつの間に……）

そう思ったが、あえてその場では口にせず、わたしはだまっていた。

家に招きいれようと思った矢先、越後《えちご》が玄関先《げんかんさき》で提案した。

「これからお化けトンネル行かねぇか？」

「おお、いいね～！　行こう行こう」

ちょうど当時つきあっていたわたしの彼女《かのじょ》も遊びにきていて、若《わか》かったわたしは調子よく同意した。

さっそく車二台に分乗し、目的地に向けて走りだした。

問題のトンネルは、人里はなれた山の中。曲がりくねった道を上っていくと、ぽっかり口を開けたそれが立ちはだかる。

その昔、中で女子高生が殺害されたとか、強盗《ごうとう》を追った警官《けいかん》が逆に刺《さ》し殺されたとかいううわさが、まことしやかにささやかれる場所だったが、近隣《きんりん》住民にとっては、ごく普通《ふつう》に使う、単なる古いトンネルだ。

手前にある空き地に車を置くと、全員でぞろぞろとトンネルの入り口目指して歩く。

「あれ？」

わたしは越後《えちご》に向かっていった。

「なに？　どうした？」

「彼女《かのじょ》は車に置きざり？　いくらなんでも、こんな所に残していくなんてかわいそうだろおまえ！」

越後《えちご》はきょとんとして、わたしに聞きかえした。

「なにいってんだよ、中村？」

「なにじゃなくて、連れてこいって！」

「だからなにをだよっ！」

越後《えちご》は最初からひとりだった。

虫の知らせ

数年まえに聞いた話なのだが、まるで〝怪談《かいだん》の基本〟に立ちかえったような内容で、わたしにとっては実に新鮮《しんせん》に感じた話だ。

ハワイ出身のその女性は、台風が直撃《ちょくげき》している最中に、自転車に乗って買い物に向かっていた。それ自体がすごい話だが……。

ある公園のそばを通りかかったとき、不意に彼女《かのじょ》の背後《はいご》から、女性の話し声が聞こえてきたという。

くりかえしになるが、周囲はすごい嵐《あらし》で、彼女《かのじょ》のまとった雨合羽《あまがっぱ》には、すごい勢いで雨風がたたきつけ、自転車の音も聞こえないほどになっている。

「ソウデス。トテモ、ツヨイアメ。デモ、ワタシキコエタ……」

「どのように聞こえたんですか？」

「Be careful of your health……」

「健康に気をつけて……ですか」

しゃがれた年配女性の声だったという。

気になった彼女《かのじょ》は親戚《しんせき》たちに電話をかけまくった。

すると最後まで連絡《れんらく》がつかなかった姉から、翌日《よくじつ》メールが届《とど》いた。

「昨日の晩《ばん》、叔母《おば》が亡《な》くなりました」

それを受けた彼女《かのじょ》は、すぐさま姉に電話をかけた。

姉は他の親戚《しんせき》から聞いて、昨晩《さくばん》、彼女《かのじょ》が親戚《しんせき》たちに「なにかなかったか？」と聞きまわっていたことを知っていた。

「お姉さん、叔母《おば》さんが息を引き取ったのはいつごろだったの？」

その返事に彼女《かのじょ》はおどろき、同時に得心した。

それは、公園で女性の声を聞いたのと、ほぼ同じ時刻《じこく》だったという。

峠《とうげ》のできごと

北国S市の西方に位置するあたりに、Tという町がある。

高価な住宅地《じゅうたくち》として知られる丘陵地域《きゅうりょうちいき》をぬけた場所に位置するその町には、T山というのがあり、冬はスキー客でにぎわう観光地となっていた。

T山を上るには、ある程度の傾斜《けいしゃ》とカーブとが連続する峠道《とうげみち》を行かなければならない。走り屋たちにとってT山は、ちょっとした〝登竜門《とうりゅうもん》〟になっていた。

しかし、どこの山や峠《とうげ》にも、〝出るうわさ〟は付き物である。T山の峠道《とうげみち》も例外ではなく、数十年まえからある怪奇《かいき》な話が、地元では語りつがれていた。

こんな話だ。

T山の峠《とうげ》を上りはじめ、頂上《ちょうじょう》までの道のりを三分の二ほど行ったあたりに、急角度のヘアピンカーブがある。そこに女の亡霊《ぼうれい》が出現するというのだ。

三十年ほどまえの当時は、それ見たさに、わざわざそこへ出むく物好きも少なくなかった。

ところが、この話は実は、いまでいう都市伝説や単なるうわさ話ではなかったのだ。

当時、わたしは、大手化粧品《けしょうひん》会社で美容部員をしている和美《かずみ》とつきあっていた。

うちに友人たちがどっとつめかけ、わいわいと飲んでいたときのことだ。

だれからともなくT山の話になり、そのヘアピンカーブにたたずむ女の幽霊《ゆうれい》の話になった。

そのとたん、和美《かずみ》がいった。

「ちょっと、みんなやめてや！　その話だけは、お願いだからここでしないで！」

和美《かずみ》は、ふだんとてもおとなしい。

その日も、それまではかいがいしく料理を作ってくれていたのに、とつぜん、甲高《かんだか》い声でそういうと、気がぬけたようにその場にへたへたとしゃがみこんでしまった。

和美《かずみ》の豹変《ひょうへん》ぶりに、その場にいた全員が固まった。

「いったいなしたのさ、和美《かずみ》？」

わたしがそう聞いても、彼女《かのじょ》は〝聞きたくない！〟と、ぶんぶん首を横にふるだけ。

ところが数人の友人たちが、そんな彼女《かのじょ》を見ても、執拗《しつよう》に追及《ついきゅう》しようとした。

「なぁなぁ和美《かずみ》！　おまえなんか知ってんの、あそこのうわさについてさ？」

和美《かずみ》は、キッとした顔で向きなおってさけんだ。

「触《ふ》れられたくないこと、あんたにだってひとつくらいあるっしょやっ！」

あまりの勢いに、その場はどうしようもないくらいに沈《しず》んだ。

「よいしょっと。おれらぁ、そろそろ帰るわ」

そういってみんな、ぞろぞろと帰っていった。

わたしと和美《かずみ》だけが残されたとたん、部屋は重い空気に支配された。

「あ、あの、ごめんな和美《かずみ》……あいつらも、悪気があったわけじゃ……」

「いい」

「えっ？」

「もういい」

「あ、ああ、そうか……」

「教えてあげる……あの子のこと」

和美《かずみ》はわたしの顔も見ずに、床《ゆか》の一点を厳《きび》しい目で見つめている。

「いやいや、いいよぉ。話したくないんだろ？　おれだって別にそこまでして……」

「出ちゃったから、話……。だから教えてあげるわ」

鬼気迫《ききせま》るものがあった。いつもの和美《かずみ》の表情とはほど遠い、なんともいえない妖気《ようき》のようなものに満ちている。

「あの子の名はA子っていってね、もともとあたしと同じ高校に通っていた。ふだんからすこし飛んでるところがある子で、周りからはわりと、ういた存在《そんざい》だったかもしれない」

淡々《たんたん》と、筋道《すじみち》を立てて語りだした和美《かずみ》の顔は、いつしかいつも通りの表情にもどっている。

「……あの日、あのあたりでお祭りがあったの。みんなで浴衣《ゆかた》を着て出むいたんだけど、彼女《かのじょ》だけはこなかった。

『この間会った男と、ドライブに行くから……』

そういって、いかにも悪そうな、黄色い車に乗って出かけていった」

T山の山頂《さんちょう》にある駐車場《ちゅうしゃじょう》に車を停《と》めたふたりは、車の中でシートをたおし、そのままねむってしまった。

それからなん時間かが経過して、気づくと外はすっかり明るくなっている。

「ヤバイよっ！　今日は普通《ふつう》に授業あるのにっ！　ねえ、急いで送ってってやっ！」

A子はそうさけぶと、バッグから手鏡を取りだして、髪《かみ》の乱《みだ》れをせっせと直した。

「とにかく急いで急いでっ！　単位、足りないからっ！」

A子に急《せ》かされた男性は、黄色い車を猛《もう》スピードで発進させ、鋭角《えいかく》に折れたヘアピンカーブへと近づいていく。

しかしそんなスピードで曲がれるほど、このカーブは甘《あま》くはなかった。だからこその〝登竜門《とうりゅうもん》〟なのだ。

このスピードでは曲がれもせず、止まることもできなかった車は……

「わあああああああああっ！！！」

ギャキキッ！　キキッキキ―――――ッ！

ドシャッ!!　……グシッ!!

顔に火が出るような痛《いた》みが走る。

うめき声が、あらぬ方から聞こえてきた。

ハンドルとシートにはさまれたまま、男性はしたたる血をなんとか手でぬぐいながら、A子が座《すわ》っているはずの助手席をさぐる。

（いない！）

男性は、視線《しせん》をゆっくりと前方に移動させた。

「うわ！　うわ！　うわあああああ……ああ……あああああっ！」

彼女《かのじょ》はボンネットの上でこと切れていた。

シートベルトを着用する習慣など、まったくなかった当時のことである。

カーブの突端《とったん》に立つコンクリート製の電柱に猛《もう》スピードで衝突《しょうとつ》した衝撃《しょうげき》で、フロントガラスをつきやぶってA子の体は車外へ飛ばされた。

その勢いのまま電柱に顔面からつっこみ、その反動でふたたびボンネットの上へ、はねかえされたのだった。

A子の顔はすでに〝人らしい形跡《けいせき》〟がなくなっている。電柱表面の〝丸み〟がそっくりそこに投影《とうえい》され、もはや〝彼女《かのじょ》〟の面影《おもかげ》は、どこにも見あたらない状態になっていた。

その二週間後、男性も多臓器《たぞうき》不全で亡《な》くなった。

直後、和美《かずみ》は友人たちとともにT山に上った。

手には花束と、A子の好きだったジュースとクッキー。

事故現場に着いてみると、電柱にはいまだ生々しい傷《きず》と、黄色い塗料《とりょう》が残っている。ところどころに、どす黒い汚《よご》れも見えた。

「それがものすごく怖《おそ》ろしく感じたの。とってもそこにはいられない！　ここにいちゃダメだ！　って感じたのよ」

もう数年がたつのに、和美《かずみ》は昨日のことのようにいった。

和美《かずみ》が口にした思いは、その場にいた全員が感じていた。しかしだれもそれを口にせず、いまは亡《な》くなった友人のために花を手向《たむ》け、ただただ黙禱《もくとう》をささげようとしていた。

ところが、さきほどから全員が感じていた恐怖《きょうふ》の度合いは、ますます増幅《ぞうふく》していくだけ……。

「ねえ、もう、か、帰ろうよ」

和美《かずみ》がそういうと、いかにもだれかがそういいだすのを待っていたといわんばかりに、全員そそくさと立ちあがった。

と、その瞬間《しゅんかん》！

キキキキ――――ッ!!

「きゃあああっ!!」

ドッシャーンッ!!

山頂《さんちょう》方向から下りてきた一台の乗用車が、和美《かずみ》たち目がけてつっこんできた。

車は間一髪《かんいっぱつ》で和美《かずみ》たちの間をすりぬけて、そのまま例の電柱につっこんで止まった！

和美《かずみ》のひとことが一瞬《いっしゅん》でもおそかったら、みんなが立ちあがるのが一秒でもおそかったら、A子の二の舞《まい》になっていたのは容易に想像できる、そんなタイミングだった。

乗用車に乗っていた初老の男性は、自力で車からはいだしてくると、開口一番、こういった。

「うわあ！　ひいちゃったよぉ！」

自分の頭のけがには目もくれず、男性は電柱と車の間をのぞきこんだ。

「あの、あたしたちなら大丈夫《だいじょうぶ》ですよ。全員、けがはありませんから」

あわてふためいている男性を安心させようと、和美《かずみ》はいった。

男性は、和美《かずみ》の言葉が聞こえていないかのように、緊迫《きんぱく》した表情のまま、なおも車の下をのぞきこんでいる。

「あのう、おじさん、あたしたちは……」

男性は和美《かずみ》の方に向きなおってさけんだ。

「うるさいっ！　確かに、ひいちまったんだよ！　ウインドー見てみろやっ！」

そういわれて、和美《かずみ》たちはおそるおそる壊《こわ》れて煙《けむり》を上げている車の前部をのぞきこんだ。

「フロントガラスに、ふたつあったのよ。頭をつっこんだ跡《あと》が……」

それ以来、和美《かずみ》たちがT山に近づくことはいっさいなかった。

あの桜で…

三十年近くまえの秋。バブル景気も終わりに近づき、世間がいくぶん、落ちつきかけたころ。わたしはそれまで営んでいた、いくつかの事業を統合するため、ちょうどいい規模《きぼ》の小さなビルを見つけ、そこに本拠《ほんきょ》を移すことにした。

仕事の上では効率が上がる一方、自宅《じたく》からの距離《きょり》は、がぜん遠くなってしまった。最初は仕方ないと割《わ》りきってはいたものの、いざ通いだしてみると朝夕の渋滞《じゅうたい》がひどく、とてもではないが、毎日〝通勤《つうきん》〟するのはむずかしいと思いはじめていた。

とはいうものの、自分の会社である。たとえ遠くとも、通わないわけにはいかない。

そこで会社の近くに物件を借りて、帰りがおそくなったときなどに泊《と》まる、仮住まいにしようと考えた。

ちょうど専務《せんむ》の住むマンションが、会社のすぐ近くにあったが、あいにく空いている部屋がないという。わたしは、空いた時間を使って、物件を探《さが》すために、ぶらりと周辺を散策《さんさく》することにした。

しばらく行くと、こぢんまりと整備された川があり、小さな橋がかかっている。その橋をわたりすこし行くと、右手に４階建ての新築物件があらわれた。大きく［入居者募集《ぼしゅう》中！］という看板《かんばん》がかかげられている。

（仲介《ちゅうかい》業者の連絡先《れんらくさき》は……）

建物に近づき、探《さが》してみるがそれらしきものが見あたらない。

どうしたものかと考えあぐねていると、道をはさんだ向かいにある、大きな農家の玄関先《げんかんさき》を、せっせとそうじしているおじさんと目が合った。

「なんだい？」

「はい？　なんだい……とは？」

「その建物に、なんか用なんかい？」

「あ、いや、連絡先《れんらくさき》はどこに書かれてあるかなぁと、さっきから探《さが》してるんです」

「なんで?」

「いやなんでって、中を見せてほしいからですが……」

「おう、そういうことかい。ならあれだ、おれが見せてやらぁ」

おどろいたことに、このおじさんが、物件のオーナーだった。

「ここに住むなぁ、あんたひとりかい?」

おじさんに聞かれ、こちらの事情を説明した上で、あくまで仮住まいであることを伝えた。

「ああ、それじゃあちょうどいいや。ここは1LDKだからよ。見晴らしがいいから、4階の角部屋を見せらぁ」

建物の手前にある階段《かいだん》を上り、その角部屋を拝見《はいけん》することにした。

いかにも真新しい作りつけの建具が並《なら》ぶ現代的な造りで、部屋は新築のにおいに満ちている。

なにひとつ、文句のつけようのない部屋だった。

わたしは、すぐに入居を決め、おじさんと直接、契約《けいやく》を取り交《か》わした。


入居して一週間ほど経過した日のことだ。

わたしはベランダに出て、月をあおぎながらタバコをくゆらしていた。

ウルルルルルルルルルルルルルゥゥゥゥ……

「な、なんだ⁇」

どこからともなく、音とも声ともつかない、おかしなものが聞こえてくる。あえて表現するならば、壊《こわ》れかけたモーターのような感じ。

いったいどこからくるものか、とあたりを見まわしてみるが、いっこうにその正体も、出処《でどころ》も見つからなかった。

ウルルルルルルルルルルルルルゥゥゥゥ……

その〝モーター音〟はマンションに泊《と》まるたびに聞こえ、わたしの探究心《たんきゅうしん》はどんどん大きくなっていった。

あるとき、ちょうどオーナーのおじさんがいたので、モーター音のことを聞いてみることにした。

「昔とちがって、いまは水も自然供給《きょうきゅう》だし、近所でもポンプなんか使ってる家はねぇなぁ」

そんな答えしか返ってこない。

(なぞは深まるばかりだな……待てよ?)

わたしはある事実に気づき、軽く身ぶるいした。

もうエアコンの必要な季節ではない。ここ最近はずっと窓《まど》を全開にして自然風を入れて過ごしていた。

〝モーター音〟は、決して小さなボリュームとはいえなかった。

にもかかわらず、こうして窓《まど》を開放してリビングにいるときには、一度として聞こえたことがなかった。

(……ということは、その音の主はおれがベランダに出たのを見はからって、音を出しているのか!?)

そう考えると、いいようのない不安感と、疑問符《ぎもんふ》とがおしよせてくる。

（もういい。深く考えるのはよそう。きっとどこかの部屋で、モーター動力の機械を使って、なにかの工作をしているんだ……）

そんな可能性の低いことを想像しつつ、なかば捨《す》てばちになっていたわたしは、むりやり自分の不安に封《ふう》をした。

数日後、わたしはいつものように、ベランダへ出て一服していた。

ところが、その日はいつもの〝モーター音〟が聞こえない。

（めずらしいこともあるものだな……）

そう思いながら、なにげなく下をのぞき見た。

おどろいた！

2階下の真ん中の部屋から、女が見あげている。それも顔の半分だけ建物のかげにして、じーっとわたしを見すえていた。

いつもおそい時間に出入りしていたわたしは、マンションの住人を見るのは、これが初めてだった。
わたしは、すかさずぺこりと頭を下げたが、彼女《かのじょ》はそれには呼応《こおう》せず、とっとと部屋にもどってしまった。

翌日《よくじつ》はすこし仕事を早くきりあげ、その部屋で使う身の回り品を買いこんだ。夕方、駐車場《ちゅうしゃじょう》に置いた車から、わたしは買ってきた荷物を降《お》ろしていた。

ガチャッ……バタン　ペタッペタッペタッペタッ……

不意に背後《はいご》から音がした。
ふりむいて見ると、昨晩《さくばん》ベランダごしに上を見あげていたと思われる女性が、2階の外廊下《ろうか》を歩いてくる。
23、24歳《さい》くらいだろうか。髪《かみ》は長いのだが、極端《きょくたん》に短くした前髪《まえがみ》が目立つ色白の女の子だ。
階段《かいだん》の上り口で、わたしは彼女《かのじょ》とはちあわせた。

「あの、昨夜はすみませんでした。いきなり上から見下ろす形になっちゃって」

「いえいえ、いいんですよ。あの……新しく引っこしてこられたんですね」

彼女《かのじょ》はにこりとほほえみ、しきりに右手で髪《かみ》を耳にかけながらいった。

わたしはふと違和感《いわかん》を覚えた。彼女《かのじょ》はやさしくほほえんではいるのだが、絶対にこちらの目を見ようとせず、終始斜《なな》め下を向いたままなのだ。

（変わった子だな……）

そう思いつつも、わたしは笑顔《えがお》で返した。

「ええ、そうなんです。この間、４階に入居しました。ごあいさつがおくれて……」

「遊びにいらっしゃいませんか？」

わたしの言葉にかぶせてくる感じで、彼女《かのじょ》はそういった。

正直わたしは面食らった。

仮にも二十代の女の子の部屋に、のこのこおじゃまするわけにはいかない。わたしはちょうど運んでいた買い物袋《ぶくろ》をかかげて、これから部屋の片付《かたづ》けだからと、やんわり断った。当然だ。

たとえ彼女《かのじょ》の言葉が、スーパー社交辞令だったとしても、正直、大胆《だいたん》なことをいう子だなと思った。

その翌日《よくじつ》も、膨大《ぼうだい》な書類仕事をかかえ、わたしは自宅《じたく》へはもどらず、その部屋に泊《と》まることとなった。

近くのコンビニで晩飯《ばんめし》を買い、車から降《お》りて階段《かいだん》を上っていると、昨日の彼女《かのじょ》が部屋から出てくるのがわかった。

「こんばんは」

無視《むし》するのもなんだったので、わたしは軽く頭を下げて声をかけた。

すると……

「あの、昨夜お待ちしてたんです」

とうとつに彼女《かのじょ》はそういった。

「え？」

おどろいて聞きかえしたわたしに、彼女《かのじょ》は間髪《かんはつ》を容《い》れずいった。

「これからおみえになりませんか？」

そういって、わたしににじりよってくる。

わたしには下心などみじんもなかったが、ここまでいわれてしまっては、たとえわずかでも寄らないわけにはいかないような気がしてきた。

「あ、ああ、そう……ですね。じゃあ荷物をいったん部屋に置いて、すこしだけおじゃましようかな、ははは」

わたしがそういうと、彼女《かのじょ》は下を向いたままじっと固まり、にんまりと笑った。

（とにかく一度だけおじゃまして、あとはいそがしいことを理由になんとでもなる）

わたしは、彼女《かのじょ》のようすにただならぬものを感じていたが、そのときはまだたかをくくっていた。


それからわたしは取り急ぎ部屋にもどり、いま買ってきたスナック菓子《がし》をひとつ持つと、彼《かの》女《じょ》の待つ2階への階段《かいだん》を下りていった。

こうした集合住宅《じゅうたく》は、長く住んでいたとしても、自分の居住しているフロア以外に足をふみいれると、えてして異世界《いせかい》のように感じるものだ。ほんの十数日といえども、すでに2階フロアは、十分にわたしにとって異世界《いせかい》と化していた。

しかしその2階には、わたしの想像をはるかにこえた現実が待ち受けていた。

「え！　な、なんだこれ!?」

2階の外廊下《ろうか》は床《ゆか》・天井《てんじょう》・かべ、すべてのあつらえが古かった。

わたしが住む最上階の廊下《ろうか》は、最新の防水マットがしきつめてあるのに、いまいるこの廊下《ろうか》は、コンクリートの打ちっぱなし。かべにはひび割《わ》れが見て取れ、天井《てんじょう》には雨もりのしみや、うっすらとクモの巣も確認《かくにん》できた。

(新築マンションのはずなのに、なぜここだけこんな……？)

あぜんとしながらも歩を進め、いつしかわたしは中央の部屋のまえに立っていた。

あきらかに自分の部屋のインターホンとはちがう、古い呼《よ》び鈴《りん》のボタンをおす。

ギンゴ〜ン……

「お、音までちがうじゃねえか……」

そんなことをひとりごちていると、中からパタパタとスリッパの音が聞こえてきた。

「はーい、お待ちしてましたー。どうぞー」

すぐにドアが開いて彼女《かのじょ》が顔を出したのだが、やはりわたしを見ることもなく顔は下を向いたまま。

「ずうずうしくやってきました。あ、これ土産《みやげ》にもなりませんが……」

そういって持参したスナック菓子《がし》を手わたし、はき物をぬいで部屋へと通してもらう。

ぞんざいな作りの外廊下《ろうか》とは打って変わり、彼女《かのじょ》の部屋の中は実にきれいにされている。いかにも女の子らしい装飾《そうしょく》……。

だが、ここにも一抹《いちまつ》の違和感《いわかん》を覚えて、わたしははっとした。

違和感《いわかん》はそこに置かれた〝物〟から放たれていた。

原色に彩《いろど》られたさまざまなグッズ、キャラクター物。そのすべてのテイストから、昭和の香《かお》りがただよっている。いいかえれば、単純《たんじゅん》に〝古い〟のだ。

手前がダイニングキッチンになっており、ベランダのあるおくの間へと、彼女《かのじょ》がわたしを誘《ゆう》導《どう》する。

そこには、ソラマメのような形をしたうす緑色のテーブルがあり、その上に紅茶《こうちゃ》がふたり分、中央には菓子《かし》をもりつけたかごが置かれている。

「どうぞ楽にしてください」

彼女《かのじょ》にそういわれ、腰《こし》を下ろしたわたしだったが、さて、なにを話していいのかわからない。

「さすが女の子だ。部屋の中、きれいにされてますね」

とりあえず、あたりさわりのない話題を切りだしてみる。

「いえいえ、ずっとこのままなんですよー」

(ずっと？　新築だろうに……)

そう思ったが、だまっていた。

彼女《かのじょ》が、わたしのはす向かいに座《すわ》る。しかし、やはり視線《しせん》は下にしたまま、しきりに髪《かみ》を耳にかけている。

「あのう、おひとりなんですね」

「ええ、ここはあくまで仮住まいみたいなものでして」

わたしの返答に彼女《かのじょ》が返したのは「ああ……」だけ。

それからも、わたしに質問を投げかけてくるのだが、なんと返事をしても彼女《かのじょ》は「ああ……」でしめくくる。

あまりに間が持たないので、正直辛《つら》くなり、わたしは一服したくなった。

「あの……タバコを」

「あ、ごめんなさい、わたしタバコ吸《す》わないので、ご自分の部屋と同じようにベランダでお願いしてもいいですか？」

「ああ、いやいや！　別にそこまでしなくても……」

自分の部屋にもどるいいチャンスだと思ったが、わたしがいいおわらぬうちに、彼女《かのじょ》はどこからか缶《かん》の灰皿《はいざら》を持って現れた。これもまたなつかしい、輸入タバコの銘柄《めいがら》が書かれた、かなりレトロな代物《しろもの》だった。

「わざわざすみません」

そう声をかけ、わたしは缶《かん》を持ってベランダへ出た。

そこに広がるのは確かに見なれてきた景色ではあるが、階数のちがいがおかしな違和感《いわかん》を与《あた》える。

（まいったな。とにかくコレ吸《す》いおわったら、自分の部屋へ帰ろう）

そう思ったときだ。

ふと右を見ると、いつの間にか彼女《かのじょ》が部屋から出てきている。

手すりの上でうでを組み、その上にあごをのせるかっこうで、身じろぎもせずじっとなにかを凝視《ぎょうし》している。

「あの……あれですかね。あそこ、あの川べりに植えてある木……あれって、桜ですよね？」

ぐったりと流れる妙《みょう》な間がいやで、とにかくわたしは、なんでもいいから話しかけたかった。

とりあえず目に入った、川べりに植えられた並木《なみき》の話題をふってみた。

「そう。そうなんです。あの木……ぜぇんぶ……桜なの」

そういう彼女《かのじょ》のようすがおかしい。

「あれ……ぜぇぇんぶ……桜なのぉ」

「え、あ、ああそうですよね。春になるとさぞかし……」

「ずっとずっとむこうまで……ぜぇぇぇんぶ……桜なんですよぉ」

あきらかにようすが変だ。いや、これが彼女《かのじょ》の本質なのか？　そう思ったときだった。

彼女《かのじょ》はとつぜん、手すりからぐぐっと身を乗りだし、ある方向を指さしてこういった。

「あの木……見えますか？」

1トーン、声の調子が上がっている。

おそるおそるその指の差す方向を見ると、川べりに立つ並木《なみき》の中で、一本だけ飛びぬけて大きな木があるのが見てとれた。

「あ、あのすこし右に曲がった、大きな……」

「あだし　あのぎで　死んだのぉぉぉぉ……ウルルルルルルルルルルルゥゥゥゥゥ」

「なっ!!」

わたしはとっさに声にならぬ声を発し、思わず彼女《かのじょ》を見た。

そこにいたのは、さきほどまで話していた彼女《かのじょ》ではなかった。特徴的《とくちょうてき》だった短い前髪《まえがみ》はざんばらに乱《みだ》れ、鼻のあたりにまでのびている。

同時に発せられたのは、ここ最近自室のベランダで聞いていた、まさしくあの〝モーター音〟だった！

「うわああああああああっ!!」

あまりの光景に、尋常《じんじょう》でないものを感じたわたしは、取る物もとりあえず部屋をつっきると、はだしのまま外廊下《ろうか》に飛びだした。

本来ならば自分の部屋にもどるところだが、家にこられたら逃《に》げ場がないと思い、わたしは階段《かいだん》をかけおりると、とにかくその場から逃《のが》れたい一心で、川の方に向けてかけだした。

(まったく冗談《じょうだん》じゃねえよ、なんだよあの女! 変なヅラまで着けてびびらせやがって)

そんなことを思いながら橋のたもとまできて、なんとか息を整えようと立ちどまり、なんの気なしにふりかえった。

さきほどまでわたしがいたはずの、2階中央の部屋のあかりが確認《かくにん》できない。

いま、わたしのまえに建つ建物で、あかりが灯《とも》っているのは4階の角部屋のみ。そう、わたしの部屋だ。

そこに……わずかにうごめく人影《ひとかげ》が見えた。

「え？　……え⁇」

わたしは思わず二、三歩近づき、その正体を確認《かくにん》しようと試みた。

そこにいたのは……彼女《かのじょ》だった。

わたしが見ていることに気づいて、彼女《かのじょ》は手すりから大きく体を乗りだし、左右に動かしながら、こちらに向けてぐぐ～っと首をのばしてくる。

ウゥルルルルルルゥゥゥゥゥ……

例のモーター音を発しながら……。

たまらなくなったわたしは、ひとまず、社員が住む近くのマンションに身を寄せた。

「おやじ狩《が》りですか……？」

社員は、とつぜん訪《たず》ねてきたわたしを見て困惑《こんわく》している。手ぶらにはだしで、とつぜん社長が訪問《ほうもん》してきたら、それは当然だろう。

なんでもいいから一晩《ひとばん》泊《と》めてくれと頼《たの》み、なんとかその晩《ばん》をしのいだ。

翌朝《よくあさ》、明るくなってから、わたしは社員からサンダルを借りて、昨晩《さくばん》からそのままにしている自室にもどることにした。

とぼとぼと歩いていくと、はきそうじをしていたオーナーのおじさんが声をかけてきた。

「おう、社長さん早いね！」

「ああ、好きでこんな時間に歩いてるわけでは……」

「ガハハ！　なぁにいってんの～」

そこでわたしは、2階に住む彼女《かのじょ》のことを、オーナーにたずねてみた。

「はぁ、2階の女性……？」

「そう、真ん中の部屋のっ！　あの子はいったい、どういう子なんですか⁇」

「そんなもなぁ、いねえなぁ……。いや、確かに以前はいたよ、以前は」

「以前って……だってここは新築でしょう？」

わたしは至極《しごく》当然の質問をぶつけてみた。

ところが、そこに返ってきたオーナーの話は、おどろくべき内容だった。

実はこの建物が建つ以前は、同じ所に一まわり小さな3階建てのアパートが建っていた。

ある事件をきっかけに入居者がいなくなったのを見計らい、老朽化《ろうきゅうか》していた建物をいったん取りこわし、その後、新たに建てかえたのだという。

「あの女の子は、確か服飾《ふくしょく》関係の仕事をしてるっていってたが、始終家にいたんで、実際にはなにをして暮《く》らしてるのかはわからんかった。

ある日のこと、あの子はほれ、あそこの大きな桜があるだんべ？　あれへ縄《なわ》かけて首つったんよ。

ところが死にきれなくてな……。縄《なわ》ぁそのままにして建物にもどり、部屋の中で死んじまった。

いま、あのマンションに入ってるのは、あんたひとりだけだで……」

わたしが彼女《かのじょ》の部屋をほめたとき、彼女《かのじょ》はわたしに「ずっとこのまま」といった。そして最後に「あの木で死んだの」といった。

思いかえせばそれは、わたしの時間はずっと止まったまま。本当はあの桜の木で最期《さいご》を迎《むか》えたかったたという、彼女《かのじょ》の悲痛《ひつう》な心のメッセージだったのかもしれない。

防砂林《ぼうさりん》

三十年近くまえ。

北海道のある海沿《うみぞ》いにある砂丘《さきゅう》で、４ＷＤ車のオーナーたちで集まるキャンプミーティングを開催《かいさい》することになった。

わたしは主催側《しゅさいがわ》だったので、前日からひとり現地に入り、急勾配《きゅうこうばい》の坂を利用して行うレース・ヒルクライムに適した場所を探《さが》していた。

シーズン前であったこともあり、周囲に人の姿《すがた》はほとんどない。

潮騒《しおさい》に交じってときおり聞こえるトンビの声が、のどかさを倍増させている。

日が西にかたむきかけたのを機に、ガソリン補給《ほきゅう》と夕食を調達するため、わたしはいったん街へと車を走らせた。

ガソリンスタンドに寄り、いなか町特有の小さなスーパーマーケットでおにぎりを買って、ふたたび砂丘《さきゅう》へもどるころには、水平線へ沈《しず》みゆく真っ赤な太陽がゆらめいていた。

(こんなでっけえお日様見るのも久しぶりだなぁ)

そんなことを思いながら、ハマナスのしげる浜辺《はまべ》に腰《こし》を下ろし、買ってきたおにぎりをパクついていた。

空になったおにぎりのパックを袋《ふくろ》にもどし、ポケットからタバコを取りだして火をつける。

周囲にはあかりのたぐいはまったくなく、聞こえる音といえば潮騒《しおさい》とカーラジオだけ。

(いっけねえ、バッテリー上がっちまう)

立ちあがって尻《しり》についた砂《すな》をはらいおとし、車にもどろうと歩きだしたところで、わたしはふとなにかの気配を感じて立ちどまった。

自分の周りを見まわしてみるが、そこになにかの存在《そんざい》を確認《かくにん》することはできなかった。

(気のせい気のせい、なんでも、なんでもない……)

自分を納得《なっとく》させるように、そんなことを考えたときだった。

サワサワサワサワサワサワサワッ……

こんどは得体の知れない〝なにか〞が、足元をかすめて通りすぎていった。

「うわわっ！　なんだっ!?　なんかいま足に……」

急いで車に乗りこみ、わたしはキーをひねってエンジンをかけた。

「ネコかなんかか!?　ぎょ、行儀《ぎょうぎ》の悪いヤツだ！」

自分を納得《なっとく》させるように、わざと大きな声でひとりごとをいい、たおれないバケットシートに寄りかかって、缶《かん》コーヒーを開ける。

「えーと、あのカセットテープは……と」

まだカセットテープで音楽を聞いていた時代である。わたしは、シートのうしろにある、わずかなスペースにつっこんだ、カセットテープのケースをまさぐった。

すると開けはなったままにしていた、窓《まど》のすぐ下あたりから……

ひぃ…………よぉ……

「んっ!?」

やかましいエンジン音に交じって、確かに女の声が聞こえたような気がした。


みぃ………いつ……


(き、聞こえた! いま絶対聞こえた! いったいどこから……)

ところがそれ以降《いこう》、ぷっつりとその〝声〟らしきものは、聞こえなくなってしまった。

それからしばらくは、怖《こわ》さとさびしさをまぎらすために、お気に入りのカセットをあれこれ引っかきまわし、ひとりカーオーディオライブを展開《てんかい》していた。

ふと車中の時計を見ると、すでに夜11時を回っている。

(う、うそだろっ!! ついさっき夕日を見送ったばかりじゃないかっ! ま、まぁいいや。深く考えるのはよそう。明日は、早くからみんながくるから、そろそろねるとしようか……)

わたしは、エンジンを切り、窓《まど》を閉《し》めきって、うす手のジャケットを引っかけると目をつぶった。

どれくらい時間が経過しただろうか。

静かではあるが、車がきしきしと左右にゆれていることに気づき目が覚めた。

視線《しせん》をまえにやると、ルームミラーから下げた、小さな人形がゆれている。

（な、なんだ？　地震《じしん》か？）

そう思って、急いで窓《まど》を全開にした、まさにそのときだった！

ひい……ふう……みい……よお……いつぅ

ひい……ふう……みい……よお……いつぅ……

ふたたび、開けた窓《まど》のすぐ下から、こんどははっきりと女の声がした！

おどろいたわたしは、その声の主を探《さが》そうと、窓《まど》から真下をのぞき見た。

真っ暗な砂《すな》の上。

そこになにかが……いる。

ただ、漆黒《しっこく》の闇《やみ》の中では、輪郭《りんかく》すらはっきりと確認《かくにん》することができなかった。

（うわっ！　な、なんかいるっ！）

そう思った瞬間《しゅんかん》、とつぜんその〝なにか〟は動きだし、砂《すな》ぼこりを上げながら、先にある防《ぼう》砂林《さりん》の方へと走り去っていった。

「おいおい、なんだいまのっ!!」

わたしは急いでエンジンをかけ、頭上に設置したスポットライトをすべて点灯した。

１００メートルほど前方に、砂防《さぼう》のために植えられた赤松林があり、強力なライトがその全《ぜん》貌《ぼう》をうかびあがらせた。

その林の中央を貫《つらぬ》く形で、数キロに及《およ》ぶ林道が通っている。

その道のすぐ近くにあった木の間で、女性の姿《すがた》が見えかくれしていた。

しかもそれはゆっくりと回転している。

「うわわわっ！　なんであんな所に女なんか!?　こ、こんな夜中に？」

もうねてなどいられない。

見えてしまうのが途方《とほう》もなく怖《おそ》ろしく、このままスポットライトを点《つ》けておくわけにはいかないと、スイッチを切る……が、こんどは周囲が真っ暗になってしまう。それも怖《おそ》ろしい。

そこで、遠くを照らすことのないヘッドライトのみを点《つ》けておいた。

その場所から逃《に》げだそうにも、その林道を通るより他に道はない。夜が明けるまで、そこにしがみついているしか手はなかった。

(まいったな。これはさすがにまいった。雪隠《せっちん》づめってのは、まさにこのことだな……)

そう思いながら、車内の時計を見ると夜中の3時を回ったあたり。夜明けまでまだ三時間ほど待たねばならなかった。


いまは光の届《とど》かない林を見すえたまま、まんじりともせず時間を消化していくしかない。夕バコの本数だけが増えていく。そのときだった。

林道の先から、こちらに向かって近づいてくる、光の一団が見えた!

わたしの仲間たちだった。

「おつかれさーん！　起きてたのかぁ？」

声を聞いて、うかつにも涙《なみだ》が出そうになる。

わたしはとにかく一連の流れを、彼《かれ》らに説明した。

「またまた～！　気のせいだって」

彼《かれ》らは一笑《いっしょう》に付した。

「林の中に、くるくる回る女が……」

ところが、最後にわたしがそういったとたん、みんなの顔色が変わるのがわかった。

「それが本当なら、なんらかの事件に発展《はってん》するかもしれない。みんなで林を確認《かくにん》しにいこう！」

だれかがいいだし、わたしにとっては最悪の結果となってしまった。

結局いやがるわたしを連れて、みんなで幌《ほろ》を外した一台のオフロード車に乗りこみ、その林へと向かうこととなった。

林道側に車を停《と》め、みんながぞろぞろと降《お》りてゆく。

「あれ？　中村はこないのか？」

「だれが行くもんか！」

とわたしはつっぱね、林道で待つことにした。当然だ。

手に手に懐中電灯《かいちゅう》を持った一団が、しげみをかきわけながら赤松林へと入っていく。その姿《すがた》を、わたしはじっと凝視《ぎょうし》していた。


ものの三分も経過したころだった。

「うわあああああっ!!」

ほぼ全員の悲鳴がとどろいた。

それと同時に、ひどくあわてた感じで、全員がこちらに向けてかけてくる。

「お、おい、どうしたん……」

わたしがすべていいおわらないうちに、先頭にいた大貫《おおぬき》という男が、声をからしてこうさけんだ。

「ひっ、ひっ、人が死んでるっ!!」

「な、なんだって!?」

「ま、松で首つって、女がぶら下がってる!!」

そうなのだ。あのとき木の間から見えた、回る女……それは、首をつった直後の姿《すがた》だった。

彼女《かのじょ》が選んだ木の場所は、

ひ、ふ、み、よ、いつ……

そう、林道から五本目の松だった。

トヨの塚《つか》

信越《しんえつ》地方の小さな街。

怪談《かいだん》ライブでそこを訪《おとず》れた際、日中時間があったわたしは、すこし足をのばしてその山間部を散策《さんさく》することにした。

そこでわたしは、田畑の一角に、小さな塚《つか》を発見した。

「その塚《つか》には、代々伝えられる話がありましてね」

同行してくれていた現地の男性が、そう前置きして、悲しい話を聞かせてくれた。

その昔、新たにその地の当主となった殿様《とのさま》が、一帯の検分を行った。

ある村に、足の不自由な子どもたちがいた。それを知った殿様《とのさま》は、歩行困難《こんなん》な者の外出をいっさい禁ずるというおふれを出したという。

村には、トヨという女の子がいた。トヨは生まれつき体が不自由だった。生まれてすぐに母は死に、父は戦《いくさ》に取られたきり。歳《とし》は八つになっていたが、話し言葉もおぼつかないくらいだった。しかしカラカラとよく笑う、明るくやさしい女の子で、農家の座《すわ》り仕事や洗濯《せんたく》などを手伝って食べ物を得ては、村はずれのお堂にねとまりしていたという。

そんなある日のこと、お上のおふれなど知らないトヨは、いつものように食べ物をもらうため、村へ出てきた。

そんなトヨの姿《すがた》を見た年寄りが、あわてて声をかけた。

「トヨよ。お上からのお申しつけじゃ、お堂にかくれておれ」

「なえじゃ？　なあか、わいいことでもしたか？」

「悪うない、悪うはないんじゃ。ただのう、お上の御意志《ごいし》は絶対じゃ！　そこに逆らうことはできんのじゃで」

そういっていると、むこうから馬に乗った役人が近づいてくるのが見える。

「ほれほれいわんこっちゃない、役人じゃ！　そこの木のかげにかくれるんじゃ！」

そういわれて、トヨはそばにあった大木のかげへと身をかくした。

立派《りっぱ》な馬に、立派《りっぱ》ないでたちの侍《さむらい》。トヨにとっては、なにもかもが初めて目にするものであったにちがいない。

ツヤツヤと輝《かがや》く馬の毛並《けな》みに、トヨは往来へと出てきてしまった。

「きえい……」

そういいながら、侍《さむらい》の乗る馬にトヨはふれようとした。

「むっ!! 目ざわりなっ!」

侍《さむらい》はそうはきすてるようにいうと、腰《こし》の刀に手をかけ、一刀のうちにトヨを斬《き》りすててしまった。

斬《き》り殺されたトヨの亡骸《なきがら》を、侍《さむらい》はその横で焼いていたわらくずの中に投じ、なにごともなかったかのように、その場を去っていった。

ところが、それ以降《いこう》、城《しろ》に赤ん坊《ぼう》が無事に生まれることがなくなり、生まれたとしても成長することがなかったという。ほどなくして殿様《とのさま》も乱心して、いつしか一族も戦《いくさ》で滅《ほろ》んでしまった。

その話を聞いたわたしは、いてもたってもいられず、道ばたにさいていた花をすこしばかりつむと、塚《つか》に手向《たむ》けて手を合わせた。

その日の怪談《かいだん》ライブでは、どんな命にも生きる権利《けんり》があったはず……と命の尊厳《そんげん》にまつわる怪談《かいだん》を多く語ることにした。

ライブが終わってホテルへもどり、汗《あせ》を流そうとバスルームへ向かう。

シャワーのせんをひねり、バスルームに湯気がたちこめる。

「うおっ!!　ゴホッゴホッ！　な、なんだこれ！」

普通《ふつう》の湯気とはちがう！

「火事か!?」

熱気と煙《けむり》がたちこめてきて、わたしはあわててカーテンを開けた。バスルームに大量の煙《けむり》と、きなくさいにおいが充満《じゅうまん》している。

「ん、ちょっと待てよ……」

このにおいには覚えがあった。

なんとなく草っぽいにおいが混じるそれは、日中あの塚《つか》のある村でかいだ、野焼きのにおいだった。

急いでバスルームのドアを開けようとするわたしの耳に、こんどはなにかが聞こえた。ドアのすぐむこうからは、パチパチとなにかが激《はげ》しく燃えさかる音がする。

しかし、どんなにがんばってもドアは開かず、わたしは必死になって、なんどもドアに体当たりした。そのときだった。

「お花……あいがどう」

昼間、地元の男性が表現したトヨの話し方だった。

なにかが鳴く

満月の晩《ばん》で、妙《みょう》に外が明るい夜だった。

そろそろねようかと思っていると、外で犬が鳴いているのに気づいた。

ほえるというより、なにかにおびえるようなうなり声で、最初は小さく聞こえていたのが、次第《しだい》に大きくなっていく。

そのうちに、犬はまるでうちの庭にいるのではないかと思われるくらいに、すぐそばから声が聞こえてくるようになった。

我《わ》が家のチワワたちにもそれは聞こえたようで、リビングのハウスでねていた三匹《びき》とも飛びおきて、声の主を探《さが》しているようだった。

そのとき、わたしはあることに気づき、総毛立った。

声の質が、変わってきている。

いま聞こえているそれは、あきらかに人間の、女のすすり泣きだった。

これは怖《こわ》い!


百歩ゆずってこう考えてみた。

現実に存在《そんざい》する女が、我《わ》が家の庭に侵入《しんにゅう》していて、人知れずその片《かた》すみで泣いている……。

ある意味、それはそれで怖《おそ》ろしいが、そんなことを考えていると、頭の中がめちゃくちゃになってきそうで、わたしは意を決した。

庭の照明をすべて点灯し、声の主を探《さが》すことにする。

しかし、現実の女も、〝そうでない〟女も、どこにも存在《そんざい》していなかった。

すこし安堵《あんど》しながら室内にもどると、チワワたちのようすが著《いちじる》しくおかしい。がたがたとふるえ、そこらじゅうをそわそわと歩きまわって落ちつきがない。

わけがわからないまま、わたしはチワワたちをなんとかなだめすかし、自分も落ちつかせようと、歯をみがいて寝室《しんしつ》に向かった。
ベッドにもぐりこみ、いつものように、携帯《けいたい》のメールを確認《かくにん》する。
すると下でまたチワワたちが、激《はげ》しくほえだした。
(こっ、こっ、怖《こわ》いっ！　どうしよう……)
そう思ったとたん、寝室《しんしつ》のドアのすぐむこうで〝パチッ〟という大きな音がした。
「だ、だれに断って、人んち入ってきてんだよっ！」
思わずわたしはそうさけんでいた。
そのとたん、ぱったりと異変《いへん》は止《や》み、階下のチワワたちも静かになった。
わたしは胸《むね》をなでおろし、携帯《けいたい》を閉《と》じて重くなったまぶたを閉《と》じた。

バンバンバンバンバンッ!!

「うわ、なんだっ！」
とつぜん聞こえたその音に、わたしは思わず飛びおきた！

目を開けたわたしの視界《しかい》いっぱいに、なにかがひらひらと舞《ま》っているのが見て取れる。

手元に置いた照明のリモコンを取り、〈全灯〉のボタンをおした。

「うわあっ!!」

枕元《まくらもと》に置いてあったティッシュペーパー。

それが箱ごとめちゃくちゃに引きさかれ、みじんに破かれたティッシュが、部屋の中を舞《ま》っていた。

着信あり

ピリッ……ピリリッ

こんなことってあるんだろうか。

いまから二十数年前のこと。

第三世代携帯《けいたい》といわれた携帯《けいたい》電話を、機種変更《へんこう》することにした。このころの携帯《けいたい》電話は、ユーザーに貸与《たいよ》されていたので、機種を変更《へんこう》するときには、使っているものを返却《へんきゃく》しなければならない。でも知り合いに頼《たの》みこみ、わたしは古い機種の方も、手元に残していた。

これが、昨日納戸《なんど》を整理していたら、ひょっこり出てきたのだ。

きちんと箱に入って、〝取説〟も新品同様。充電器《じゅうでんき》もいっしょに入っていたので、わたしはコネクターをプチッとさしてチャージしてみた。

すると、しっかり〝チャージ中〟のＬＥＤが点灯した。フル充電《じゅうでん》のサインを待つ。


当時いったいどんなアドレスを残していたのだろうと、ワクワクしながら電源《でんげん》を長おしした。

（おおっ!!）

ちゃんと起動した。

と、その瞬間《しゅんかん》だった。

ピリッ……ピリリッ

同時に液晶《えきしょう》に〈着信中〉の文字。

瞬間的《しゅんかんてき》に現れた相手の番号は、末尾《まつび》１２１２。

（あれ？　この番号には確か見覚えが。……１２１２って、確かどこかで……）

一瞬《いっしゅん》番号のことを考えたが、それ以上に、なぜ回線がつながっていないこの電話が鳴ったのかが、不思議でたまらなかった。

そうこうするうちに、わたしは1212の番号が、だれのものかを思いだしていた。
ある夏の終わるころ急逝《きゅうせい》した、友人の川本が使っていた番号だった。
なにか因縁《いんねん》めいたものを感じたわたしは、八戸《はちのへ》にある川本の実家に電話してみた。

その日は川本の命日だった。

てるちゃん

数年前の夕方、ちょっといやなものに出会った。

所用で埼玉《さいたま》の志木市へ行った帰り道、駅前で通勤渋滞《つうきんじゅうたい》にはまってしまった。

すこし進んでは赤信号に引っかかる。

「まいったなぁ……」

そうひとりごちて、胸《むね》ポケットからタバコを取りだそうとしたときだった。

「ん？」

ふと見ると、前方のセンターライン上を、なにかがゆっくりと移動している。

風にあおられたビニール袋《ぶくろ》のようなものが、身をよじりながら、くるくると転がっているように見える。

前方の信号が青になり、車列がゆっくりと動きだした。

右に左にくるくる舞《ま》いながら、それがだんだん近くなってくる。

とそのときだった。

「ギャアアアアッ！」

わたしの発したものではない。

正体不明のくるくる……なんとそれはネコだった。

数台前の車にひかれたのだろう。

ちょうどわたしの車の真横にきた瞬間《しゅんかん》、断末魔《だんまつま》のさけびをあげ、そのまま静かに横たわった。

心が固まった。わたしの横でたったいま、動きを止めた小さな心臓《しんぞう》に想《おも》いが通じた。

そのときだった。

〝てるちゃん……〟

そう頭の中にひびいてきた。

飼い主の名前なのか、そのネコの名前だったのかはわからない。

人の身勝手が、彼《かれ》らが安心して歩くことさえもままならない、住みづらい世界にしてしまった。

ハンドルから手をはなし、いま消えた小さな命に、わたしは手を合わせた。

門

数年前のある晩《ばん》のこと。

久々に、子どもを連れて外食し、夜8時過ぎぐらいに帰宅《きたく》した。

自宅《じたく》前に到着《とうちゃく》し、車をバックさせていると、とつぜん娘《むすめ》が「あっ!!」とさけんだ。

その声におどろいて、後部座席《ざせき》をふりかえると、娘《むすめ》は両手で顔をおおっている。

「どうした?」

わたしが聞いても、返ってきたのは、たったひとこと。

「なんでもない」

「いいからいってみ」

いくらなだめてみても「なんでもないよ」の一点張りで、口を開こうとしない。

車はまだ少々長めのカーポートを、うしろ向きに進んでいた。

「なんかあったのかい？　気にしないでいってごらん」

車をバックさせながらいってみるが、娘《むすめ》はいまにも泣きそうな表情をして、じっとこちらを見すえたままだ。

「気のせいならいいんだけどね……」

車が止まったのを見計らってか、とつぜん娘《むすめ》が話しだした。


「いまお向かいの家の門のところに、黒い服を着た男の人が立ってたの」

「……ほんとかよ？　どんな人なの？」

「髪《かみ》がすこし長くてね、下を向いて手をブラ～っとして、じっと立ってた……」

（ああ、この子も、わたしと同じ道を進みだしている）

正直そう感じ、ちょっとかわいそうに思えた。

わたしも小学生のころ、さんざんいろんなものを見たり聞いたり、場合によっては感じたりもしてきたが、それを周囲にもらすと気味悪がられる……と知ったころから、だれにもいわないでいた時期を過ごした覚えがある。

家に入り、飼っているチワワたちにごはんをあげたあと、わたしは夜の散歩に出ることにした。

ところがいちばん年上の一匹《ぴき》が、どうしてもカーポートから出ようとしない。

「なにしてんのほら。行こうよ」

そう声をかけても、どうにも前足をふんばって、頑《がん》として動こうとしないのだ。

しゃがんで頭をなでながら、「おしっこ行こうよ」となだめると、やっとのことで歩きだした。こんなことは、あとにも先にもこのときだけだ。


犬たちが用を足しおえたので、いつもの道を通り帰ってくる。

町内を回り、うちの前の道に差しかかった。

前方から、一台の自転車が近づいてくるのが見えた。高校生くらいの男の子が運転している。

彼《かれ》の自転車が、いままさに我《わ》が家の前を通過しようとしている、そのときだった。

「うわっとっ！」

そう男の子がさけんだかと思うと、自転車もろとも、勢いよく路面にたたきつけられた。

「大丈夫《だいじょうぶ》かい？」

わたしはすぐに走りよって声をかけた。

「あ、はい、すみません。……びっくりしたぁ」

「びっくりしたのはこっちだよ。けがはない？」

「はい、大丈夫《だいじょうぶ》です。あんな所から人が出てくるなんて……」

「……なんだって？」

「いえ、あの、そこの家の門の所から、とつぜん人が飛びだしてきたもので」

そういうと彼《かれ》は、飛びでたバッグを前かごに放《ほう》りこみ、あわてて走り去ってしまった。

周囲を見まわしてみるが、それらしい人影《ひとかげ》は見あたらなかった。

彼《かれ》がいっていた門。

それはさきほど、娘《むすめ》が男の姿《すがた》を見たという、その場所に他ならなかった。

練炭自殺

「ビデオ撮《ど》りの場所決まりました？」

五年ほど前になるだろうか。

わたしの親友でもあり、エージェントもこなしてくれているシゲから、怪談《かいだん》ＤＶＤ制作のことで電話がかかってきた。

「最近なん回か、ロケハンには行ってるんだけどね」

ロケハンとはロケーション・ハンティングのことで、わたしはひとりで行っては、いくつか目星をつけている場所があった。

「もう！　ひとりで行くなんてやめてくださいよ！」

なんだか電話のむこうでシゲがむくれているので、急遽《きゅうきょ》その場所をふたりで確認《かくにん》に行くことになった。

夜9時に家で待ち合わせして、彼《かれ》の車で出発。

秩父《ちちぶ》にある二か所のダム湖を回った。

「どっちも雰囲気《ふんいき》はいいっすけど、二か所目の方は、ちょっと暗すぎるかなぁ」

ロケハン場所の感想をいいながら車に乗りこむ。

「もう一か所くらい探《さが》しておかないと、どちらもダム湖じゃなあ……」

「まあね。でも、もうそこそこいい時間だけど、大丈夫《だいじょうぶ》なの？」

「今日は朝まで空けてあります」

シゲはそういったが、いまいる周辺には、心当たりの場所がなかった。

その日はひとまず帰ることにして、帰路でなにかあれば見ていこうということにした。

湖畔《こはん》道路から県道をぬけ、ようやく太い国道へとたどりつく。

前後に車の影《かげ》はまったくない。このあたりにいると、前回ロケハンにきたとき同様、実にうすら寒い感覚におそわれる。

車は秩父《ちちぶ》市内をぬけ、〈S峠《とうげ》→〉の看板《かんばん》を右折した。

それからしばらく走ったころ、わたしはなにか胸《むね》に違和感《いわかん》を覚えた。

（う、なんか気持ちわるい。なんだこれ？　ひょっとして車酔《くるまよ》い？）

久しく感じることがなかったので油断していたが、実はわたしは車に酔《よ》いやすい。

自分で運転しているときにはまったく問題ないのだが、だれかの運転で、助手席やうしろに乗ると酔《よ》ってしまう。

（こりゃどこかでいったん停《と》まって、運転代わってもらうしかないな）

そう思いながら進行方向を見ていると、たったいま青になったばかりの信号機が目にとまった。その手前に〈←S峠《とうげ》　〇町方面〉と書かれた青い看板《かんばん》が見える。

「シゲちゃん、次の信号左折してくれる？」

「え？　でも帰り道からそれますよ」

「いいのいいの。ちょっと寄り道してみよう。それでさ、悪いんだけど曲がった所でいったん停《と》めてくれるかな」

「どうしたんです？」

「ちょっとね、車に酔《よ》っちゃったみたいだから、運転代わってほしいんだわ」

信号を左折したところで運転を代わってもらう。不思議なことにハンドルをにぎったとたん、胸《むね》の重苦しさは解けてすぐに平常にもどった。

道は次第《しだい》に細くなり、数キロも行くと文字通りの峠道《とうげみち》へと変貌《へんぼう》する。

右に左に湾曲《わんきょく》するワインディングロードを、車はそこそこのスピードでかけあがっていく。

「おおっとっと……中村さん、結構攻《せ》めますね」

「なんだかこんな道走ると、つい若《わか》いころを思いだしちゃうね」

「車、ぶっこわさないでくださいよ」

そんなたわいのない会話を交《か》わしながらさらに進むと、町境を示す看板《かんばん》が目にとまった。

(確か次のT字路を左折……と)

そう思い減速したときだった。

右手にあるくぼんだ敷地《しきち》に、一台の軽ワゴン車が停《と》まっているのが目に入った。

そのわきをすりぬけようとしたときだ。

ンガ―――――――ッ

ついさっき、タバコを吸《す》おうとほんのすこし窓《まど》を開けたのだが、そのわずかなすきまから侵《しん》入《にゅう》してくる、異様《いよう》な音が耳についた。

その車はライトを消し、エンジン回転が全開になっている。

「お、おい。なんかあの車……おかしくねえか？」

「ねむりこけちゃって、足でアクセルふんじゃってるんじゃないですかね？」

「あのままじゃ車が燃えちゃうぞ！」

そういって車を停《と》め、おそるおそる軽ワゴン車に近よってみる。

中をのぞくと、ひとり、男性らしき姿《すがた》が確認《かくにん》できるのだが、いかんせんひどく窓《まど》がくもっていて、よくみえない。

「おーい！　おーいっ！」

中の人物を呼《よ》びながら、ドンドンとなんども強めに窓《まど》をたたいてみるが、なんの反応も示さない。

いきなり他人の車のドアを開けるのもためらわれたので、車の真うしろに回って、わたしは中をのぞいた。

「うわあああああああっ!!」

「ど、どうしたんですかっ!!」

わたしのさけび声に、シゲの方がどぎまぎしている。

車の中をのぞくわたしのすぐ目の先に、赤々と火のついた七輪が置かれている。

「シ、シ、シ、シゲ!!　練炭練炭！　自殺だよっ!!」

「ええっ!!」

「と、とにかく、リアゲート開けろっ!!」

万が一まだ息があるならば、新鮮《しんせん》な空気を取りこむことがいちばんだと考え、わたしはそうさけんだ。同時に、ポケットから携帯《けいたい》電話を取りだし１１０番通報した。

「パトカーがそちらへ向かうので、現場待機願いたい」

電話の先でそういわれ、とにかく開けはなったリアゲートから男性に声をかけつづける。中をのぞきこむと、シートをたおしあおむけになったままの、初老の男性が見えた。しかし身じろぎひとつせず、そこから返答はなかった。

「なにがあったのかはわからないけど……」

ただぼうぜんとその場に立ちつくすわたしは、ひとりごとのようにいった。

「そうですね」

シゲがむなしそうに答えた。

怖《こわ》い以上に悲しかった。〝なにがあったのかは……〟そういった自分自身の心に、さまざまな思いがかけよってくるのがわかった。

三十分近くも待っただろうか。峠《とうげ》の下から近づいてくる赤色灯が見えた。

パトカーからふたりの警察官《けいさつかん》が降《お》りてきて、こちらへと近づいてくる。

「えーと、発見者の方で？」

「そうですが、まずは先にこの車のエンジンを切らないと、車が燃えちゃいますよ」

全員で車両へと近づいていく。

ひとりの警察官《けいさつかん》がリアゲートから入って、中から運転席のドアを開けた瞬間《しゅんかん》だった。

「おい！　まだ息があるぞっ!!」

それを聞いたかたわらの警察官《けいさつかん》が、即座《そくざ》に肩口《かたぐち》に付いた無線のマイクを取り、救急車を呼《よ》ぶ。


しばらくすると、けたたましいサイレンとともに、ふたたび赤色灯が近づいてきた。

「だんなさーん！　だんなさーん！　わかりますか！　わかりますか!?」

救急隊員の呼《よ》びかけに応答することはなかったが、男性はときおり、むにゃむにゃとなにかをいっているようだった。

すぐにストレッチャーに移され、男性は救急車の車内に運びこまれた。

それから数台のパトカーが到着《とうちゃく》。

われわれと軽ワゴン車しかいなかった静寂《せいじゃく》に包まれていた山道が、騒然《そうぜん》となっている。

救急車から降《お》りてきた救急隊員のひとりが、おもむろに近づいてきていった。

「うしろのドアを開けたのは、あなた方ですか？」

「そうですが……」

「その開けたタイミングが、生死の分かれ目になったようです。あなたたちがいなかったら、いまごろこの男性は……」

「あのおじさん、助かりそうですか？」

わたしは思わず聞いた。

「もう大丈夫《だいじょうぶ》です。すぐに病院へ搬送《はんそう》しますから」

「……そうですか」

その後、われわれは警察官《けいさつかん》から住所氏名などを聞かれ、その場をあとにした。

なんだか切なかった。

「あなたたちがいなかったら、いまごろこの男性は……」

〝あなたたちがいなかったら、いまごろこの男性は……ちゃんと死ねたのに〟

そうも受け取れた。


助手席には、数枚《すうまい》の遺書《いしょ》が置かれていた。

『かあちゃんごめん』の文字。

『家と車は処分《しょぶん》して……』

そうも書いてあった。


「この道はよく通られるので？」

現場を立ち去る直前、ひとりの警察官《けいさつかん》がこんなことを聞いてきた。

「いえ、十年以上前に一度だけ通ったことがありますが」

「じゃあ、今日はなにかこのあたりに用があって？」

「……」

正直いって、返答に困《こま》った。

「怪談《かいだん》DVDのロケハンでして……」などとは、うかつにいえない。

そこは映像《えいぞう》制作のため、とかなんとかお茶をにごしておいたが、しかし、とつじょ思い立って訪《おとず》れた場所だ。

とつじょとしてこちら方面と思い立ち、あの信号を左折した。過去にたった一度だけ通ったことがある程度の峠《とうげ》の道。

たまたま夕バコを吸《す》おうと開けていた、わずかな窓《まど》のすきまから聞こえたエンジン音。

とっさにシゲにいいはなった「リアゲート開けろ」の言葉。

縁《えん》もゆかりもない初老の男性を、結果としてわれわれは救うこととなった。

救う……。

本当に救ったのだろうか？　本当にこれでよかったのか？

実はこの男性、運転席に座《すわ》ったままシートをたおして、自ら最期《さいご》を迎《むか》えようとしていたのだが、気を失いつつもアクセルを底までふみ続けていた。

しかも、普通《ふつう》と逆の左足で……。

右足はダッシュボードの上に乗せ、体の向きは真っすぐにしていたのに、なぜか左足だけはアクセルをふんでいた。

そこへわれわれが通りかかり、エンジン音を聞いた。あの音がなかったら、止まらなかったと思う。

男性を守るなにかが、まだ死ぬときではないと、男性にアクセルをふませ、わたしたちをその場に呼《よ》び寄せた、そう考えると、やはりわれわれが彼《かれ》を救ったのは順当だったのだろう。


人が自ら命を絶とうとする。

相当な強い想《おも》いと決断とが求められることだ。

くさいようだけど、わたしが以前からいい続けてきたことがある。

「怪談《かいだん》を通じて命の重さや尊厳《そんげん》を伝えられたら」

怪談《かいだん》ＤＶＤのロケハン中に、たまさか出くわしたこの事件。

それと直結させようとするのは、いささか乱暴《らんぼう》だとは思う。しかしあの男性が、あの男性を守るものが、わたしが怪談《かいだん》を続ける意義を、あらためてわたしにつきつけてきたように思えるできごとだった。

夢《む》幻《げん》夜話

すでに日が変わった深夜のできごとだ。

ねいりばな、わたしはまた空を飛んだ。

当たり前だが、飛んだといっても、リアルな話ではない。

あくまでもレム睡眠《すいみん》時に起こる夢とも幻《まぼろし》ともつかない感覚での話だ。

金しばりが〝あ……くるな〟と思ったころあいをみて、足をポンとけりあげると、そのまま体をぬけ出る感覚があって、空高く舞《ま》いあがる。

以前からなんどとなく経験している方法なのだが、うまくいかないこともある。

その日は久しぶりにそれを実践《じっせん》できたのだが、いままでとはすこし感じがちがっていた。

すい……っと夜空に飛びあがったとたん、人とぶつかったのだ。

右後方あたりからわたしの背中《せなか》に〝ドシッ〟とぶつかってきて、そのとたん「痛っ！」と聞こえた。

おどろいてふりかえると、高校生くらいの女の子がういている。

とっさに「ああ、ごめんごめん！」といったわたしに、「大丈夫《だいじょうぶ》です。でもびっくりした」と返してきた。

それから彼女《かのじょ》と方々いっしょに飛びまわった気がするが、気づくと自分のベッドにもどっていた。


うつろな感覚のまま目が覚めた。

異様《いよう》にのどがかわき、階下へ行って水を飲もうと思うが、体が動かない。

（……あ、あれ？　体の自由が……きかない）

そう思ったとたん、体に異様《いよう》な感覚が走り、同時に戦慄《せんりつ》した。

なにかが、いや、だれかががっしりとわたしにしがみついている!

それだけではない。わたしのあごの右側、ほっぺたの下あたりになにかがぐいとあたった。人の頭がある。ナチュラルな色合いのさらりとした髪《かみ》の感触《かんしょく》に、ほんのりシャンプーの香《かお》りがただよってくる。

ショートカットの女の子だった。

(ああ、さっきの子だな)

そう思って気を送ると、彼女《かのじょ》はすっとわたしからはなれて、こんどはベッドのかたわらに立ちあがった。

(みずき……)

(そうか。みずきちゃんか……ちゃんと逝《ゆ》けるよな)

(たぶんね)

(たぶんじゃ困《こま》るじゃないか)

(ありがと、おじさん。平気だよ)

(平気か)

（……うん。モンマさんのとこまで行ければ、婆《ばあ》ちゃんが待ってるし）

（気をつけてな）

（ばいばい）

（ああ、ばいばいばい）


なんだか切なくて、ベッドに半身を起こしたまま、しばらくボーっとしていた。

すると、子ども部屋のドアが開く音がして、目をこすりながら娘《むすめ》がわたしの寝室《しんしつ》に入ってきた。


「お父さん」

「おうどうした？　まだ夜中だぞ」

「いま、だれかになんども鼻をつままれて目が覚めたの」

「わはは、鼻をか？」

「笑いごとじゃないよぉ」

「それでどうした？」

「びっくりして起きてみたら、知らないお姉ちゃんが横に座《すわ》っててね……」

（いたずらっこだな、まったく……）

「風邪《かぜ》はこわいぞー……っていって消えちゃった」

（あの子、風邪《かぜ》で!?）


人はいつしか〝本当の世界〟へとかえっていく。

そのときがくるまで、一生懸命《いっしょうけんめい》この世界を歩きつづけなければならない。

むこうで笑って過ごせるように、笑顔《えがお》であとからくるものを迎《むか》えられるように。

嵐《あらし》の中で

24時間耐久《たいきゅう》レースというのがある。自動車やパーツのメーカーが、自社製品をアピールするためにしのぎをけずる過酷《かこく》なレースだ。

二十年ほどまえ、当時わたしが経営していた会社が、そのレースで好成績を収《おさ》めたレースカーを運ぶという重責を担《にな》ったことがある。

ディーラーやイベント会場をめぐって展示《てんじ》するためだ。会場に搬入《はんにゅう》して、場内を移動させ、展示《てんじ》が終わると、また次の会場に移動する。これをくりかえすだけなのだが、なんせなん十億もするマシンだ。ちょっと動かすだけでも気が張って、肩《かた》がパンパンになる。

車を持って行く先はいつもＦＡＸで送信されてきた。

その日も、夕方、ＦＡＸが流れてきた。次の搬送先《はんそうさき》は、〈○○自動車販売《はんばい》　甲府《こうふ》ディーラー〉となっている。

（よかった。そう遠くもないな。……あら？）

行き先の住所とかんたんな地図が記されたその下に、〈高速代金：片道分付与《かたみちぶんふよ》〉と記されているのを発見した。

「なんだよこれ！　こんな高価なお宝《たから》運ぶのに〝片道《かたみち》〟だけって⁉　けっちくせ～な！」

思わずもらしたわたしのぐちに、その場にいた社員全員がくすくすと笑っている。

荷物の安全を考えるなら、行きを高速、荷台が空になる帰路を下道にするのが順当なプランだ。

しかしそのときのわたしはなにを思ったか、行きに下道を選択《せんたく》した。

「だれか甲府《こうふ》行くのに、奥多摩《おくたま》方面から行ったことあるのいるか？」

「トラックでですか？　それはおすすめできませんね」

そちら方面に詳《くわ》しい社員が答えた。

「なんでだよ？」

「だって、そこそこ険しいっすよ。しかもあんな車、載《の》せたままで……」

「ば〜か！　おれをだれだと思ってる」

いま考えてもなぜそうしたのか理由が思いだせないが、なぜだか無性《むしょう》にその道を通りたい思いにかられていた。


社員の反対も聞かず、わたしは下道で向かうことを決断した。

時間に余裕《よゆう》をみて、まだ夜も明けぬうちに出発し、奥多摩《おくたま》方面に向かう。

湖畔《こはん》にかかる橋をわたりしばらく行くと、それまで左手に見えていた湖が川に変わった。一帯の山村をぬけ、あるトンネルまできたときだった。

バケツ……いやバケツどころではない、でかい風呂桶《ふろおけ》をひっくり返したかのようなとつぜんの雷雨《らいう》に見まわれた。

「うえぇ、なんだこれ！　ぜんぜんまえ見えねえぞ！」

しかも、そんな状況下《じょうきょう》にいながら異様《いよう》な眠気《ねむけ》がおそってくる。

「ねむてぇー……いったいどうしたってんだ!?」

〝深夜＋険しい道＋まえが見えないほどの雷雨《らいう》〟という特異《とくい》な状況下《じょうきょう》で、一種の催眠《さいみん》作用が働いたのかもしれない。

(このままでは命にかかわる！)

眠気《ねむけ》でもうろうとしながらも、わたしの中にある危険《きけん》信号が、かろうじて明滅《めいめつ》してくれた。とにかくどこかに、車を寄せられるようなスペースはないか……。いまはただ、それだけに神経を集中させた。


左手を流れる川の名前が、いつの間にか変わっている。そこからすこし走った所で絶好の場所を発見した。

「よかったぁ。ここですこし休んでいこう……」

安全な場所に車を寄せると、がっちりとサイドブレーキを引き、助手席側に足を向ける形で横になった。

ところが目をつぶると、屋根をたたく激《はげ》しい雨と、まぶしく光る雷鳴《らいめい》が却《かえ》って気になり、こんどはなかなかねつくことができない。

(まいったな、こりゃねるどころじゃねえぞ。とりあえずタバコでも……)

そんなことを思いながら、上半身を起こしかけたときだった。

……ミシィッ

そんな音を立てて、車がゆれた。

「うわっ!! 土砂《どしゃ》くずれかっ!!」

おどろいてライトを点《つ》け周囲を見まわすが、そんな気配はない。豪雨《ごうう》が依然《いぜん》として降《ふ》りつづいている。

上着のポケットからタバコを取りだし、ライターをつけようとした、そのとき!

ドンドンドンッ!

「うわっ!!」

とつぜん、足元側になっている助手席のドアが激《はげ》しく鳴った！

……ガチャ

（こ、こんどはなんだ!?）

……ガチャャガチャッ！

外からドアノブを引く音がする。

ガチャッ……ガチャャガチャャガチャッガチャッ！

(さっきから車体がゆれていたのは……こ、これかっ!!)

ところがどこにも人影《ひとかげ》は見あたらない。

(な、なんなんだよ。いま確かに……)


ドンドンドンドンッ!!


「うわあああっ!!」

なんとこんどは、いまもたれかかっている運転席側のドアが激《はげ》しく鳴りだした!

瞬間的《しゅんかんてき》に、もしかしてじゃまな場所に駐車《ちゅうしゃ》したかとも考えたが、あきらかにそんな感じではない。しかしいま、確実にそこにいるなに者かが、車を取りかこんでいるのはわかる。


ドドンドドンッ……ドンドンドンドン……ドンドンドンドンッ!!

ガチャガチャガチャガチャガチャッ……ガチャガチャガチャッ!

その音の発生源《はっせいげん》がひとつ、またひとつと増えていき、信じられないことにレースカーを積載《せきさい》してあるはずの、キャビンの裏側《うらがわ》にまでまわりこんでいる。

同時にぐらぐらと車体をゆさぶられ、わたしはなかばパニックになりかけていた。

「うわうわっうわっ!! ヤバイ! ヤバイよぉぉ!!」

はだしのままフロアに足を下ろしてクラッチをふみこみ、ライトを点《つ》けて一気にその場から逃《に》げだした。

「なっ、なっ、なんなんだよおい! ふざけんなよお前らっ!!」


お前ら……?

自分でいいはなってハッとした。

50メートルほど行った所で止まり、バックミラーをのぞいてわたしは愕然《がくぜん》とした。

そこに、なん十人という人間が、雨の中で立ちつくしていたのだ。


〝命からがら〟という言葉がある。

それはまさに、こういうシチュエーションをいうのだと、心底思った。

〝あの場所〟をはなれてすこし行くと、さっきまでの激《はげ》しい雷雨《らいう》が、まるでうそのようにすぱっと上がった。いや、それどころか路面さえもぬれていないのだ。

山の天気は変わりやすいとはいえ、いくらなんでもこんなことはないだろう。

峠《とうげ》を下りだすころには夜が明けはじめ、わたしはほっと安堵《あんど》のため息をついた。

真っすぐ続くゆるやかな下り坂を行くと、右側に小さな店が見えた。

「ちょうどよかった。あったかいコーヒーでも買おう」

そう思いながらハザードを点《つ》け、道の左側に車を寄せて停《と》めた。

小銭《こぜに》入れを持って車から降《お》りると、店の前を竹ぼうきでしゃかしゃかとそうじしているお婆《ばあ》ちゃんがいた。

「あんた、もしかしていま、あの山の方からおいでなすったのかい？」

「ええ、奥多摩《おくたま》からぬけてきて……」

「ダメだダメだ！　男がひとりで夜中にあんなとこ通っちゃあ。怖《おそ》ろしい目にあうで」

さきほどの体験が頭をよぎる。

「いや、お婆《ばあ》ちゃん。なんで男がひとりで通っちゃいけないんです？」

「あんたもあの淵《ふち》のうわさは知っとろうが！」

「……ふち」

「なぁ～んも知らんとぬけてきよったんか！　おいらん淵《ぶち》を」

もちろんそれにまつわる話をわたしは知っていた。

しかし実際においらん淵《ぶち》がどこにあるかを知らなかったのは事実だ。

この土地一帯には戦国時代、武田《たけだ》家のかくし財産といわれる金山があった。その金山で働く労働者の相手をするために、遊郭《ゆうかく》が建てられ数十人の遊女がいたが、やがて金山が閉鎖《へいさ》される際、口封《くちふう》じのため、労働者とともに遊女たちは川に落とされ、みな殺しにされたという伝説が残っている。

帰路、昼間に同じ道をたどってみた。

わたしが車を停《と》めて休んだ場所。

そここそがおいらん淵《ぶち》であり、しかも車を停《と》めたすぐわきには、供養碑《くようひ》が建立《こんりゅう》されていた。

もともと険しい地形の上に、がけくずれが多い場所で、現在は道が閉鎖《へいさ》され、おいらん淵《ぶち》に近づくことはいっさいできない。

アワビ

さざえ鬼《おに》という妖怪《ようかい》がいる。

〝いる〟とはいってもむろん妖怪《ようかい》なので、生物図鑑《ずかん》に載《の》っているわけではない。

このさざえ鬼《おに》とよく似た妖怪《ようかい》で、巨大《きょだい》アワビの怪物《かいぶつ》が千葉県の海岸に出没《しゅつぼつ》し、これに触《ふ》れると海が荒《あ》れると聞いたことがある。


以前わたしが経験したなんとも不可思議な話をしたい。

高校三年生のころ、わたしは新しいサーフボードが欲《ほ》しくて、ある高級クラブでバーテンダーの見習いをしていた。

その店のオーナーというのが実に〝食〟にうるさい人で、よく〝アワビの水貝〟というのを作らされた。

新鮮《しんせん》なアワビをさいころ状に切って、海水と同じくらいの濃度《のうど》の塩水にひたす。

その周りに海藻《かいそう》などをちりばめ、さながら海の中のような感じを演出する一皿だった。


その日は開店と同時に常連客がなだれこみ、平日だというのに大変な繁盛《はんじょう》ぶりだった。

つきだしに、この水貝となにか小鉢《こばち》を出したように思う。

おくにある厨房《ちゅうぼう》がせまいこともあり、もっぱら水貝作りはうす暗いカウンターの中でやっていた。

シンクのひとつをのぞきこむと、生きたアワビがうごめいている。

新規の客が来店し、人数分の水貝を作ろうとわたしはシンクの中に手をのばした。


……ゴツッ！


なににさわったのかと目をこらしておどろいた。

いままでに見たこともないような巨大《きょだい》なアワビが、いままさにシンクのふちから外へはいだそうとしている。

優《ゆう》に30センチはこそうかという、お化けアワビだった。

「おっ!」

わたしは思わず声をあげた。

「どうした?」

先輩《せんぱい》バーテンダーの言葉に、わたしが気を取り直してシンクをのぞくと、巨大《きょだい》なアワビはもうすでに姿《すがた》を消していた。

「なにがあったんだ?」

「いえいえ、なんでもないです」

いまだドキドキする胸《むね》をなでおろし、なにごともなかったように装《よそお》った。

それから晩飯《ばんめし》をとるため一時間の休憩《きゅうけい》をもらったわたしは、ビルを出て近くの定食屋へ入った。

なじみのおばちゃんと談笑《だんしょう》し、ふたたび店へともどる。

自分が休んでいた間、先輩《せんぱい》がカウンターに立っていてくれたはずなのだが、なにやらようすがおかしい。

帰ってきたわたしを見ると、おくの厨房《ちゅうぼう》へくるよううながした。

「なんです？」

「いいかおまえ、絶対笑わないとちかえ！」

「ちかえっていわれても……なんなんです？」

「いいからだまって聞け！　いいか、おれはな……さっき貝のお化けを見た！」

やはりわたしと同じパターンで、シンクの中からはいあがろうとする〝お化けアワビ〟を見たらしい。

先輩《せんぱい》は気分が悪くなり、そのまま早退して帰ってしまった。

自ら無神論者《むしんろんしゃ》を気取るオーナーにいっても、信じてもらえるわけはない。

たまったアワビの貝殻《かいがら》を、すべてこっそりと持ちかえったわたしは、事情を話して、近くのお寺で供養《くよう》してもらった。

わたしはその後、ほどなくしてバイトを辞《や》めた。
それから店がどうなったかは知る由《よし》もない。

予知

十五年くらいまえのことだ。

他人の車に乗ると、ある〝恐怖感《きょうふ》〟がつきまとうようになった。

それは、まえを走る車につっこむという、怖《おそ》ろしくリアルな感覚だった。

普通《ふつう》に運行しているタクシーやバスに乗っても、同じ感覚におそわれる。場合によっては、思わず「うわっ！」と声が出てしまうこともあった。

なにが原因なのか、なんでそんな感覚におちいるのか、まったくわからない。

不思議と自分が運転するときは、そういう感覚は起きなかった。とにかく他人が運転する車に乗ると、決まってそれが起きるのだった。

そんな感覚につきまとわれるようになって、数週間後のこと。

当時、車のパーツの製造開発と販売会社《はんばいがいしゃ》を営んでいたわたしのところに、大阪《おおさか》のDさんという大店《おおだな》から注文が入った。

新店をオープンするため、大量に商品を導入したいとのこと。わたしは、さっそく、新店周辺の客層《きゃくそう》に合ったラインナップを提案してFAXした。

「それにプラスして在庫分も頼《たの》んます」

という嬉《うれ》しい返信を受け、数日後、チャーターした大型トラック二台を満載《まんさい》にして、わたしは現地へとおもむいた。


「店の方はスタッフに任せるとして、われわれはちょっと出まひょうか？」

「そうですね。腹《はら》も空《す》いたことだし」

「そらちょうどええ！　んまい鱧《はも》出す店ぇ、予約してありますねん！」

先方の社長の計らいで、商品の陳列《ちんれつ》もそこそこにわたしたちは夜の街へと繰《く》り出すことになった。

「わたしの車で行きまひょ。最近、新車に入れかえたんですわ」

大型の高級外車を番頭の北川君が慣れた手つきで走らせ、岸和田和泉《いずみ》ＩＣから阪和道《はんわどう》へと上がる。

車が松原ジャンクションを通過し、東大阪《ひがしおおさか》方面へと向かおうとしたときだった。

またあの感覚がわたしをおそい、そわそわと尻《しり》が落ちつかなくなり、わたしはいてもたってもいられなくなった。

後部座席《ざせき》から前方に視線《しせん》をやると、車がすこし渋滞《じゅうたい》してきているのがわかった。

前方より順にブレーキランプが灯《とも》りだし、そこから先は完全に流れが止まっている。

ところが北川君は速度を落とすことなく、どんどん渋滞最後尾《じゅうたいさいこうび》へと近づいていく。

「おい、速度落とさんかい！」

それに気づいた社長が声をかけるが、依然《いぜん》としてスピードは変わらない。

わたしは気がついた。

運転している北川君が気を失っている。

「うわ、あかんあかんっ!!　ぶつかるっ！」

ズドドーンッ!!

こちらの速度が80キロ未満であったことと、車自体が頑丈《がんじょう》であったことが幸いし、三人とも奇跡的《きせきてき》に無傷《むきず》ですんだ。

なぜ北川君が気を失ったのかは、いまもってわからずじまいだ。

そしてその事故以降《いこう》、他人の車に乗っても、あの〝恐怖《きょうふ》感〟におそわれることはいっさいなくなった。

幽《ゆう》霊《れい》坂

街灯もない、変に曲がりくねった坂道。

人はここを〝幽霊《ゆうれい》坂〟と呼《よ》ぶ。


いまから三十年ほどまえ、その坂の頂上《ちょうじょう》付近にある友人宅《ゆうじんたく》へ向かうため、わたしはただひとり、その坂を上っていた。

まえを見ると、まだまだ上り坂が続いている。わたしの中に、車でこなかったことへの後悔《こうかい》が生じはじめていた。

（坂の中腹《ちゅうふく》あたりまできただろうか……）

そう思いながら胸《むね》ポケットからタバコを取りだし、さきほどズボンのポケットへと落としこんだライターをまさぐる。

そのときだった。

不意に背後《はいご》から足音がした。

（……これは……ぞうり？）

くわえたタバコに火をつけながらふりかえると、藍色《あいいろ》の日傘《ひがさ》を差した和服の女性がいる。

喪服《もふく》のようだった。

しずしずとした足取りで、夏の終焉《しゅうえん》を告げる蜩時雨《ひぐらししぐれ》の中を上ってくる。

ケケケケケケケケ……ケ……ケ……ケ……

周囲を見まわし、虫の姿《すがた》を探《さが》すわたしのまえを、いままさに行きすぎようとする喪服《もふく》の女性。

ケケケケ…ケケ……ケ……チチッチッ……

左手から斜《なな》めに張りだした赤松の大枝から、一匹《ぴき》の蜩《ひぐらし》が飛びたった。
女性はそれに気をやり、すいとその場に立ちどまった。

あ……ああ……あ……

のどのおくからしめだすかのような嗚咽《おえつ》を発している。
見ると、それまで差していた日傘《ひがさ》をたたみ、不自然な首の向きをして、空をあおぎ見ている。

げ……げ……げげ…げ………

声とも息ともつかぬような〝音〟を発し、女性はがくがくとふるえだした。
足元には、女性の口元からあふれでたなにかが、ぽたぽたとしたたりおち、得体の知れぬ液体が坂を下っていっている。

「だっ、大丈夫《だいじょうぶ》ですかっ！」

そういいながらわたしは女性にかけより、顔をのぞきこんで驚愕《きょうがく》した。

灰色《はいいろ》の顔。

真四角に開かれた目は白濁《はくだく》し、開いた口が胸元《むなもと》近くにまでたれさがり、そこから赤黒いなにかがあふれている。

「うおっ！」

思わずわたしがそうさけぶと、女性はすべるように坂を上りはじめ、右手にある柿《かき》の大木に吸《す》いこまれていった。

蜩《ひぐらし》がふたたび鳴きはじめた。

おいなりさんとの再会

わたしは、ほぼ毎日ウォーキングをしている。

仕事の関係で、深夜におよぶ外出が多かったときはさぼり気味だったが、最近またがんばって再開している。小一時間かけて、ほぼ決まったコースを歩く。

数年前の春のこと。すこし変わった夢を見た。

夢の中で、わたしはお決まりのコースをぐるりと回り、あと十分ほどで家に着くあたりまできていた。

すると……

〝ドンドンツクツクドドンドドドン！　ツクツクドンドンドンツクドンドドン！〟

〝ドンドンツクツクドドンドドン！　ツクツクドンドンツクドンドン！〟

〝ドンドンツクツクドドンドドン！　ツクツクドンドンツクドンドン！〟


どこからか軽快な太鼓《たいこ》の音とともに、わいわいともりあがった宴《うたげ》のにぎわいが聞こえる。

人気《ひとけ》のする方に目をやると、右手にある角地に、はらはらと舞《ま》う桜の花びらに彩《いろど》られながら、盛大《せいだい》に酒もりをしている一団がいる。

しかもそこにいる者が全員、白い狐《きつね》の面を着けているのだ。

はっきりいって異様《いよう》な光景だったが、それが実に美しく、神々《こうごう》しく、わたしは思わず立ちどまって、歌い踊《おど》る〝狐《きつね》たち〟をながめていた。


すると、その中のひとりがわたしに気づき、声をかけてきた。

「おうおうおう！　ようこそまいられた！　ささこちらへ！」

「えっ、いや、ぼくはいまウォーキングの途中《とちゅう》でして……」

「う、うおきん……おお、うお！　魚を所望《しょもう》なさるか！　さればここにみごとな鯛《たい》がござる。

さささ、存分《ぞんぶん》に召《め》されよ！」

「あ、いやいや！　そういうことじゃなくてですね……」

「これおなごたち、なにをいたしておる！　この御仁《ごじん》に酒をすすめぬか！」

そう男がおくに向かって声をかけると、白装束《しろしょうぞく》の女性たちが数人、そそとかけよってきた。

「あい、うちが一献《いっこん》、つかまつるえ」

美しい切れ長の目を描《えが》いた面が、ゆるりとわたしに近づいてくる。

「うわははは！　それは伏見《ふしみ》の出での。くらいついたらはなさんゆえ、お心をすえられよ。うわはははははは！」

さきほどの男が豪快《ごうかい》に笑う。

注がれた酒を見ると、わたしの大好物、どぶろくだ。思わずさかずきに口をつけると、いままでに経験したことのない芳醇《ほうじゅん》な香《かお》りと、深い味わいに包まれた。

「うわ！　うまいなこれ」

「おうおう、お気に召《め》されたか！　今宵《こよい》は酒も肴《さかな》も底なしじゃあ。それそれ、の～めやうたえや……」

そういって男は陽気に踊《おど》りだした。

わたしはというと、そのあまりにうますぎる酒に、いつしかのまれてしまったようだった。

横に座《すわ》る女のひざまくらで、うとうとと幽玄《ゆうげん》の世界にひたっている。

なんとも夢見心地《ごこち》になったわたしの頭に、男の声がひびいた。

『返ぱいじゃ！　返ぱいじゃ！　またいつの日にか会おうぞ！』


ここで目が覚めた。

ふとんの上に身を起こしてみると、ついさっきまで口にしていた酒と、女のにおい袋《ぶくろ》の香《かお》りが鼻をかすめた。

あの場所は、確か記憶《きおく》がある。

いてもたってもいられず、子どもを学校に送りだすと、わたしはすぐに、いつものウォーキングコースを足早にたどってみた。

（確かここを左に曲がって真っすぐ……それでここを……あっ!!）

まさに、宴《うたげ》がもよおされていた、その場所に神社があった。

〈正一位　〇〇稲荷《いなり》神社〉

そこに書かれた名前は、わたしが山梨《やまなし》の友人宅《ゆうじんたく》を訪《おとず》れたとき、一ぱい献上《けんじょう》した庭に置かれたおいなりさんと同じだった。

『返ぱいじゃ！　返ぱいじゃ！　またいつの日にか会おうぞ！』

おいなりさん、確かに〝返ぱい〟受け取りました。あのお酒、すばらしくおいしかったよ……。

のぞいてる…

いまから十数年まえ、まだわたしが土木会社を経営していたころのことだ。

土木会社といっても重機やダンプを使った基礎《きそ》工事や、残土や産廃《さんぱい》などの運搬《うんぱん》、コンクリートなどを作る際に混ぜる骨材《こつざい》の販売《はんばい》などを行っていた。

ある日の夕方、ドライバーのひとり・花塚《はなづか》から電話が入った。

「社長、ちょっとお願いがあるんですが」

「どうした？　いっとくが金はねえぞ。江戸《えど》っ子はよいごしの金は持たねえっつってだな……」

「ちがいますよ！　ってか社長、道産子《どさんこ》じゃないすか！　お願いというのはですね……」

その日の晩《ばん》に親から頼《たの》まれた大事な用があり、夜勤《やきん》の担当《たんとう》をかえてほしい……ということだった。

花塚《はなづか》はなん年も無遅刻無欠勤《むちこくむけっきん》を続けている。ふだんの勤務《きんむ》態度も申し分ない。よほどの事情があるのだろうと、わたしはすぐに承諾《しょうだく》した。

しかし出勤簿《しゅっきんぼ》を見てみると、その日空いているのは、なんとわたしだけだった。

(おれが夜勤《やきん》出動かよ……)

夜勤《やきん》といっても、事務所につめていられるわけではない。

夜間を通して工事現場に、砕石《さいせき》や砂《すな》といった道路舗装《ほそう》用の骨材《こつざい》を搬入《はんにゅう》するのだ。

とつぜんの夜勤《やきん》に、仮眠《かみん》を取る時間もないまま、わたしは事務所前に置いてある予備車に燃料を入れ、現場である西東京方面へと向かった。


なんどか砕石《さいせき》を運搬《うんぱん》し、時計の針《はり》はもうすこしで午前2時を指そうというころ、現場監督《かんとく》がかけよってきていった。

「社長!　悪いんだけど、ローラーの故障《こしょう》でさ。ちょっと修理しちゃうから、ここでしばらく休んでてもらっていいかな」

願ってもない仮眠《かみん》の時間がやってきた。

道路上でねるわけにもいかないので、どこか適当な場所を探《さが》していると、人気《ひとけ》のない雑木林があった。

ここなら車も入ってこないし、通行人のじゃまになることもない。

わたしはそこに車を停《と》めて、サイドブレーキを引くと、シートをめいっぱいうしろまでたおした。エアコンを入れ、おとなしめの音楽CDをかけて目をつぶった。


それから十分も経過したころだろうか。

ゴツッ……ゴツッ……


その鈍《にぶ》い音は、助手席の方からひびいてきた。

(なんだよ早ええよ！　もう直っちゃったわけ？)

そんなことを思いながらしぶしぶ目を開け、音のする方に視線《しせん》を向ける。

ダンプカーには、助手席ドアに通称《つうしょう》〝安全窓《まど》〟と呼《よ》ばれる、小さな窓《まど》が設置されている。どうやら音の主は、それをたたいていたらしい。しかし姿《すがた》は見えなかった。

(あれれ？　まえにまわりこんだのかな？)

そう思って、まえを確認《かくにん》するためのミラーをのぞいてみるが、それらしい姿《すがた》は確認《かくにん》できない。

まさにきつねにつままれたような気でいると、ふたたび左側から音がした。


ゴツッ……ゴツゴツッ……ゴツッ……


なんの心構えもせず、それを確認《かくにん》しようとわたしは視線《しせん》を向けた。

男がのぞきこんでいた。

「うわっとっと！　……おお、びっくりぃ！」

かなりおどろいた。

相当大きな声が出たはずのわたしのリアクションにも、その男はまったく動じていない。

年のころは四十手前だろうか。色黒で異様《いよう》に目の大きい男。

そいつが、ただただ顔を斜《なな》めにして、じいっと車内をのぞきこんでいる。だが、その視点《してん》は定まっておらず、どこを見すえているのかわからない。

「あの……工事再開したんですか？」

返事がない。

「あの……あのね、工事は……機械は直ったんですか？」

ふとわたしは気づいた。

窓《まど》が閉《し》まったままでは、まともな会話などできるはずもない。

わたしは直接声をかけようと、助手席側のパワーウインドーのスイッチをおした。


ウィイイイイイイイ……


窓《まど》を開けるモーター音が止《や》むと、窓《まど》ガラスが完全に下まで下りるのを待っていたかのように、男は〝ヌウウオオヲヲヲヲッ〟と立ちあがった。

「え!?」

立ちあがった男は、わたしと同じ目線にいる。

(なにかの上に乗っている？　車体のなにかにつかまっている……？)

そうではなかった。

なにも乗らず、どこにもつかまらず、男はそこに立っていた。

(こっ、こいつどんだけでかいんだよ！)

そう思ったとたん、開いた窓《まど》の縁《ふち》に手をかけ、男はぐ～っと頭を車内につっこんできた！

「おいおいおい！　なんなんだお前！　工事はどうなったかって聞いてんだよ！」

男はそれにも答えようとせず、頭をつっこんだり引っこめたりしている。

わたしはそのようすを見て、パニックになりかけていた。

ジジッ……ジッ……ジジャーッ……ジャッジャッ……

まるでそれをあおるかのように、こんどは天井《てんじょう》に設置した無線機がわめきだした。

ジッ……カッ……ザッ……ボッ……ギョッ……

「な、なんなんだよこの音っ！　……うわ……ス、スイッチ切れてるじゃねえかっ!!」

異音《いおん》を発する無線機に目をやると、なんと電源《でんげん》を表す表示が黒い。つまり無線はＯＦＦになっていることに気づいた。

男の方に目を向けると、こんどは窓《まど》の外で、激《はげ》しく左右に首をふっているではないか！


ジジッ!!


いままでとはあきらかにちがう、ひときわ大きな音を発して、無線機は沈黙《ちんもく》した。

同時に外に立っていた異様《いよう》な男も、まるで、かききえるように姿《すがた》がなくなっている。

「ああ……」

思わずわたしの口から安堵《あんど》のため息が出た。

（もうここにはいられない。こんなところには！）

そう思ってギアを入れ、車を発車させようとした瞬間《しゅんかん》だった。

観自在菩薩行深般若波羅蜜多時《かんじざいぼさつぎょうじんはんにゃはらみたじ》……

ガリガリと、再度、無線機が鳴ったかと思うと、大音量で般若心経《はんにゃしんぎょう》が流れだした。

「うわあああああああああっ!!」

わたしはブレーキを底までふみこみ、ドアを開けて車を飛びだした。

まるで声の主がすぐ目の前にいて、一心不乱《いっしんふらん》に経《きょう》をとなえている……そんな情景を思いえがかせる。

わたしは、広い道目がけてかけだした。

だがしばらく行って、じょじょに冷静さを取りもどしていくうちに、現実に引きもどされた。

(いやいや待てよ。あのままあそこに車を放置するわけにはいかんな。

それにあの声だって、もしかすると無線が混線した可能性もある……)

自分なりに勝手な解釈《かいしゃく》をつけて、わたしはその場に立ちどまった。

ふりかえると、暗闇《くらやみ》にダンプカーが静かにたたずんでいる。

わたしはおそるおそる、しかし足早に近づいた。手早く車に乗りこみ、エンジンをかけると現場へ向けて出発した。

次の晩《ばん》も、同じ現場の仕事が入っていて、その日は花塚《はなづか》が向かったが、前日の奇妙《きみょう》なわたしの体験はなにも伝えなかった。

ところがその晩《ばん》の深夜2時、花塚《はなづか》から電話がかかってきた。

「しゃっ、しゃっ、社長ーっ!!」

「どうしたこんな時間に……」

「それどころじゃないっすよ！　現場近くの雑木林からっ……」

首をつった男の遺体《いたい》が発見された。

死後二日が経過しており、ぶら下がっていた木は、あのときわたしが車を停《と》めた、その真横だった。

ベランダの彼《かれ》

友人の優希《ゆうき》は、バブル経済最盛期《けいざいさいせいき》に専門《せんもん》学校を卒業。ある設計事務所にやとわれると25歳《さい》の若《わか》さで、めきめきと頭角を現した。

女性特有の細やかさにプラスして、大胆《だいたん》で鮮《あざ》やかな設計をする、新進気鋭《しんしんきえい》のデザイナーとして、その設計事務所の花形的存在《そんざい》へと、のぼりつめていった。

はなばなしい場や各界の有名人との晩餐会《ばんさんかい》に招待され、ひんぱんに訪《おとず》れる海外では、まるで貴族《きぞく》のような扱《あつか》いを受ける。優希《ゆうき》は若《わか》くして絶頂期《ぜっちょうき》をむかえていた。

それから二年後。優希《ゆうき》はある建設会社の社長から、思いもよらない提案を受けた。

「実力も信用もあるんだから、そろそろ自分で事務所を開設してみたら？　すべてぼくがめんどう見ても構わないし、協力も惜《お》しまないよ」

文字通りの有頂天《うちょうてん》になっていた優希《ゆうき》は、その甘《あま》いさそいをうのみにし、それまでさんざん世話になった事務所に別れを告げた。

高価なマンションの一室に自分の事務所を開設し、はなばなしいオープニングパーティーを開いた。

世話になった人たちへの礼もつくさず、ちょっと人気が出たからといって、とっとと独り立ち……。

そんな彼女《かのじょ》をやゆする声も聞かれたが、そのときの彼女《かのじょ》にとって、それは負け犬の遠ぼえにしか聞こえなかった。


事務所を開設して、しばらくたったころ、独立を提案してくれた社長に、優希《ゆうき》はさらに協力を依頼《いらい》した。

「協力といわれてもね。こちらは物件を探《さが》したり、そこに入居するための保証人になったりで、それなりの助力はしてきたつもりだけど……」

「えっ……わたしはてっきり、金銭的なご協力をいただけるのだとばかり……」

「なにいってんだ君！　ぼくはそんなこと、ひとこともいってないし、君に金を出さにゃならんいわれはないだろう？　事業を興《おこ》すということは、そんなに甘《あま》いもんじゃないよ！」


考えてみれば、至極《しごく》当然のことだった。

自分の人気に有頂天《うちょうてん》となり、世の中のすべては思い通りになるくらいに思いこんでいた、自分の馬鹿《ばか》さ加減に、優希《ゆうき》は打ちひしがれた。

度重《たびかさ》なる豪勢《ごうせい》なパーティーや食事会で、貯《た》めこんだ貯金はほとんど残っていない。

いままでにもらった名刺《めいし》を床《ゆか》にぶちまけ、出資してくれそうな人に、手当《てあ》たり次第《しだい》に電話をかけまくる。

しかし返事はすべて同じだった。

「優希《ゆうき》さんね、あなた、ちょっとまちがっちゃったね。うちは昔から、あなたがいた事務所とつきあってるんだ。あなたが独立したところで、そそくさとそちらに乗《の》り換《か》えるわけがないでしょう。わかるよね？」

いいかえす言葉もなかった。

電話をまえにして、ただただ注文がくるのを待つ日々が続いた。

そんなある日のこと。

優希《ゆうき》はタバコを吸《す》いに、ふらりとベランダへ出た。

地上18階。周囲には街のあかりが明滅《めいめつ》し、遠くには大きく美しい橋が見える。眼下には、まるで小さな虫のような人の姿《すがた》……。

(あたしは、もうもどれない。どこにも、あたしを受け入れてくれる器《うつわ》はない。

いまここで、そのすべてを終わらせることができる。

この柵《さく》を乗り越《こ》えさえすれば、すべてに終止符《しゅうしふ》を打てる……)

そう思った瞬間《しゅんかん》、子どものころのことが頭をよぎる。

大好きだったおばあちゃん、厳《きび》しかったおじいちゃん、お母さんが作ってくれたカレーライスの味や、お父さんといっしょに苦労して登った富士山……。

とめどもなく涙《なみだ》があふれた。

ぬぐってもぬぐっても止《と》まるところを知らず、化粧《けしょう》もせずにいた自分の顔を、滝《たき》のように涙《なみだ》が流れては、夜の街へと落ちていった。

「だれか……だれ……か。助けて、お願い……」

人生で一度も吐《は》いたことなどなかった弱音が、口をついて出ていた。初めてすべてをぬぎ捨《す》て、あらわになった自分がいた。


「最近パーティーやってねえのな」

とつぜん声がして、優希《ゆうき》は死ぬほどおどろき、その場で飛びあがった。

声の主を探《さが》すと、右どなりの部屋のベランダに男性がいた。

いまの言葉を聞かれたと思い、優希《ゆうき》は赤面した。

身を乗りだして、となりのベランダをそっとのぞくと、真っ暗な中に、髪《かみ》の長い長身のシルエットがうかんでいる。

「い、いつからいたんですか？」

優希《ゆうき》は思わずたずねた。

「おれ？　ずっといたさ」

「やだ。じゃあ……」

「あんたさ。自分で会社やってんだろ？」

「え、ええ、まぁ」

なんだかぶっきらぼうな男……そう感じたものの、なぜかそこには安心感があった。

「ふ～ん、おれも大変だけどな。あんたも大変そうだ」

そういうと、男性は部屋の中へ引っこんでいった。

「なによ。変な人！」


それからというもの、ほぼ毎日、ベランダでかべごしの会話が続いた。

彼《かれ》は自分と同い年で、同じように自分で事業をやっていることがわかった。

（明るいところで顔を見てみたい）

いつしか優希《ゆうき》はそう思うようになったが、なにかを牽制《けんせい》するかのように、お互《たが》いにベランダ以外で会おうとはいわなかった。

その日も一本の注文も入らず、優希《ゆうき》はぐちっぽく話しだした。

「あんなにパーティーにはおしよせたくせに……」

すると男性が、いつにない強い口調で返してきた。

「なにいってんだよ！　人ってのは、タダ酒には集まるんだ。そんなことよりあんた、待つばかりで自分からは売りこまないのな」

カチンときて、優希《ゆうき》はむきになっていった。

「ちゃんと売りこんでるわよ！　その返事を待ってるんじゃないの」

「お嬢《じょう》ちゃんだな、まったく。いいか、売りこむってのは、自らの足で歩き、顔を見せ、声を聞いてもらってこそ成りたつんだぞ」

雷《かみなり》に打たれたような気がした。

それまでの自分の実績と、人気とに頼《たよ》り切り、まるでなにもしていない自分の姿《すがた》が、うきぼりにされた気がした。

翌日《よくじつ》から、まるで人が変わったように優希《ゆうき》は自分の足で回り、下げたことのなかった頭を、必死に下げまくった。

数日後、一本の電話がかかってきた。

小さなカフェの設計依頼《いらい》だったが、独立後、初めて取れた案件だった。

嬉《うれ》しくて嬉《うれ》しくて、受話器をにぎりしめながら、優希《ゆうき》は声を殺して泣きじゃくった。

（いますぐベランダの彼《かれ》に伝えたい。

あのときの彼《かれ》の叱咤《しった》があったからこそ、取れた仕事を、きっと喜んでくれるにちがいない
……）

そう思って、優希《ゆうき》はベランダに出た。

ところが、その日に限って、待てどくらせど男性は現れなかった。

（そうだ！　こんなときこそ、ちゃんと顔を見て話すべきだ！　思い切って、おとなりを訪《たず》ねてみよう！）

優希《ゆうき》は急いでベランダを出て、部屋を横切り、玄関《げんかん》から飛びだした。

となりの１８０１号室の前に立ち、インターホンを鳴らす。

しかし中から返事はなく、しんと静まりかえった廊下《ろうか》に、インターホンの電子音が物悲しくひびいては消えるだけだった。

(留守なのかしら……)

しぶしぶ部屋にもどり、いままでの彼《かれ》との会話を思いかえしてみる。

ふといくつかの疑問《ぎもん》が頭をもたげた。

これだけ会話を続けているにもかかわらず、彼《かれ》の名前すら知らないこと。

いつもベランダは真っ暗で、部屋の中のあかりを感じたことがないこと。

そしていちばん不思議だったのは、自分がベランダに出ると、決まって待っていたかのように彼《かれ》がそこにいたことだった。

でもいまの自分にとって、ベランダの彼《かれ》こそが唯一《ゆいいつ》の理解者であり、いちばんの協力者であることにちがいはなかった。

明日は大事な打ち合わせが控《ひか》えている。とにかく今日は早めに床《とこ》につこうと、優希《ゆうき》はシャワーを浴び、ベッドにもぐりこんだ。

翌日《よくじつ》、控《ひか》えめな香水《こうすい》と清楚《せいそ》な服装《ふくそう》に身を包み、意気揚々《いきようよう》と優希《ゆうき》は打ち合わせに出むいた。

オーナーは優希《ゆうき》の設計を気に入り、彼女《かのじょ》はみごとに注文を獲得《かくとく》した。しかも断続的に都内に支店をオープンさせる計画があり、オーナーはそのすべてを優希《ゆうき》に任せると約束してくれた。

今回はもちろん、仮契約書《かりけいやくしょ》もきちんと取りつけている。彼女《かのじょ》の貯金が、底をつきかける寸前《すんぜん》のタイミングだった。


（とにかくいまは、ベランダの彼《かれ》に報告したい！

いっしょに喜びを分かちあい、自宅《じたく》に招待して手料理をふるまいたい……）

優希《ゆうき》はその一心で、自宅兼仕事場《じたくけん》であるマンションに急いだ。

マンションの入り口に管理人がいた。

会釈《えしゃく》してエレベーターへ向かおうとするが、ふと、おとなりのことをたずねてみようと思い立った。

「あの、1801号室の方って、お部屋にもどられてますかね？」

「さぁ、わたしはついさっきここへ座《すわ》ったのでなんとも……。えっ、ちょっと待ってくださいよ。いま、なん号室と?」

「1801です。あたしのおとなりで、東の角部屋の……」

「うわぁ、あなた、な、なんてことを!」

「えっ、なんてことって……?」

「その部屋はね……」


数年前、1801号室に住んでいた男性は、ベランダから飛びおり、亡《な》くなっていた。

「別段《べつだん》なにかうわさがあったわけじゃないんですが、このマンションのオーナーがあえてあの部屋は空けておけといってね……。それから1801号はずっと空室のままなんですよ」

自分が営んでいた事業が破綻《はたん》し、すべてを清算するための投身自殺。

彼《かれ》の言葉が思いおこされた。

「ふ~ん、おれも大変だけどな」

その後、彼女《かのじょ》の会社は急成長し、いまでは都内に自社ビルを持つまでになっている。

日本に帰りたがる車

二月のある日、アメリカのオクラホマに住む友人・エドワードから電話があった。

すばらしい仕上がりのマスタングがあるが、買わないかという。

とりあえずメールで写真を送ってもらうことにして、その日は原稿《げんこう》書きに没頭《ぼっとう》した。

しかしどうにも、いま自分が書いている雑誌《ざっし》記事がおもしろくない。

(なんだかなぁ……。これじゃあ実につまらん!)

いろいろ思案したあげく、結局ねることにした。頭がうまく回らないときはこれに限る。

床《とこ》について、しばらくしたころだった。

ガロガロッ! ガロッガロガロガロガロガロ……

おどろいて2階の窓《まど》から外をのぞくと、キラキラと輝《かがや》く一台の車が見える。

こんな時間にあんな車で訪《たず》ねてくるのは、自分の友人をおいて他にいない。

とにかくとんでもない音なので、すぐに外へ飛びだしていき、エンジンを止めさせようと思い、チェストにかかっているジャンパーを引っかける。

表に飛びだしてみて、おどろいた。

1966年製のマスタングが停《と》まっている。

これはすごい！　日本ではめったにお目にかかれない、希代の名車だ。

その車は、ぴったりとわたしの家のわきに寄せられており、いつの間にかエンジンも止まっている。

（いったいだれの車だよ……？）

そう思ってコックピットをのぞくが、そこに人影《ひとかげ》はない。

ジャンパーのポケットに入っていたタバコに火をつけ、しばしその車をながめる。

見れば見るほどすばらしかった。

まるでたったいま、コースから飛びだしてきたかのようなオーラがあり、この手の車独特のオイルの香《かお》りがただよっている。

わたしの〝アメ車の虫〟がむずむずとさわぎだし、どうしてもドアを開けてシートに座《すわ》ってみたくなった。

タバコを一本吸《す》いおわっても、ドライバーがもどってくる気配はない。

しばらく車の周囲をうろうろしながら待っていたが、どうにも寒くてたまらない。

(ちょっとだけなら……)

そう勝手に決めて、わたしはドアノブに手をかけぐっと引いた。


……とここで目が覚めた。

全部、夢だった?

いや、そんなはずはない。

そう思い、飛びおきて2階の窓《まど》から外をのぞいてみたが、やはりそこにはなんの気配もなかった。

と、そのときだった。

ンガ――――――――ッ！

近くの交差点あたりから、まさしくチューニングされたマスタングのエンジンの雄《お》たけびがあがった。

「やっぱり！」

わたしはすぐにベランダへ出て、音の主を探《さが》した。しかしすでにその姿《すがた》はなく、強烈《きょうれつ》なエンジン音だけが、遠くへたなびいていった。

朝、いれたてのコーヒーを手に、昨晩《さくばん》のことを冷静に考えてみる。

（あれが夢オチってのも釈然《しゃくぜん》としないな……。

確かにおれはあのときこの手で、マスタングのボディーにふれた。オイルのにおいも、それにドアノブを引いたときの感触《かんしょく》だって、鮮明《せんめい》に残ってる。ありゃあ、いったいなんだったんだ……）

その時点では、夢とも現実ともつかない、なんだか変な体験をしたものだと、その程度に思っていた。

朝食をすませ、子どもを学校に送りだす。

部屋のそうじをしたあと、いつものようにパソコンの電源《でんげん》をぽちっとおした。

いつもの画面が立ちあがり、メールボックスを開く。

画面上では新規メールを次々と読みこんでいる。その中に気になるものがあった。

左側にクリップマーク……添付《てんぷ》ファイルつきのメールが届《とど》いている。

昨日電話をよこしたエドワードからだった。

大きな画像をなん枚《まい》も添付《てんぷ》しているらしく、少々読みこみに時間がかかっている。

数秒間かかってやっと読みこみが終わり、ファイルボタンをクリックした。

「うわっ！　これは！」

そこに写っていた一台の車。

それはまさしく昨晩《さくばん》、家の前に現れた、マスタングそのものだった。

時差も考えず、わたしはすぐにエドワードに電話を入れた。

ねむそうな声で出てきたエドワードに、あいさつもせず、わたしはいきなり問いかけた。

「教えてくれ。この車はいま日本国内にあるのか？」

するとこう返ってきた。

「実はあの車は、もともとは日本にあったんだ。それをアメリカに逆輸入する形をとって、こっちで仕上げたんだよ」


実はこれはめずらしい話ではない。

日本の正確で細かな技術で、各国の往年の名車をみごとに復活させる。それをネットなどにアップすると、海外のセレブがすぐに目をつけて「売ってくれ！」と声をかけてくるのだ。わたしにも、数回、同じ経験があった。

「なんでそんなことを聞くんだ?」

「なんでもないよ」

そう返事して、わたしは電話を切った。

あの車は、確かにあの日、日本にやってきた。

なぜ生まれ故郷《こきょう》ではなく、はるか遠い日本にきたがったのか?

ボロボロだった自分を、ここまでみごとに仕上げてくれた日本が恋《こい》しかったのだろうか……。

ナビ

いまから十年ほど前、当時経営していたカーショップの商品配送用にと、わたしは一台のワゴン車を購入《こうにゅう》した。

わたしは、たとえ仕事車であっても、絶対に手はぬかない主義。ワゴン車は新車だったが、さっそく出入りの業者を呼《よ》びよせ、タイヤ・ホイールや、その他の外装《がいそう》パーツを、一流品で固めた。

室内は、ハイルーフを利用してオーディオを付けなおし、当時ではまだめずらしかった、液《えき》晶《しょう》モニターも完備した。

あらかた手が入ったところで、仕事上、大事なアイテムがないことに気づいた。ナビゲーションシステムが付いていなかったのだ。

ここまでかかった経費をざっと計算すると、車体を別にして、すでに300万円を軽くこえている。

(あっちゃ～、また税理士にしかられるな……)

どうしたものかと悩《なや》んでいると、スタッフの設楽《したら》が声をかけてきた。

「社長、なに難《むずか》しい顔してるんです?」

ことの次第《しだい》を打ち明けると、設楽《したら》はケラケラと笑っていった。

「社長もほら、よくミニカー出品してるじゃないですか、ネットオークション」

灯台下暗《とうだいもとくら》しとはこのことだ。

さっそくPCを開いて、ブックマークにあるネットオークションのページをクリックする。

探《さが》している物はすぐに見つかった。

[現行型DVDナビ+8インチ液晶《えきしょう》モニターつき! 売り切り最落ナシ!]

¥98,800からスタートしたオークションの残り時間は十二時間。

現在価格は¥148、000となっているものの、これを新品でそっくりそろえれば、¥380、000はする高価な機種だ。

見ると、これには［希望落札価格］が設定されていて、下手をするとその近辺まで〝吊《つ》り上げ〟される可能性があった。

希望落札価格は［¥238、000］となっている。わたしは出品者に質問を投げてみた。

［希望落札価格で落とした場合、送料こみでお願いできますか？］

せこいと思われるかもしれないが、そこはそれ、なに事も交渉《こうしょう》しない手はない。

なんとかわたしは落札に成功し、三日後、商品が届《とど》いた。

本体を接続して、最後にモニターをダッシュボード上に設置する。

「ナビの8インチ液晶《えきしょう》モニターは、さすがにでけえな！」

足元にもぐりこんで作業を進める設楽《したら》に声をかけると、彼《かれ》ははたと手を止め、真顔でこういった。

「社長。このナビ……新品じゃないんですね」

「ああ。お前だって知ってると思うが、こいつは新品で買うと、とんでもない価格……」

「ここまで上の機種じゃなくても、新品未使用で他にもあったでしょうに」

「……からむね。コレのなにが気に食わないんだ?」

ふだん温厚《おんこう》な設楽《したら》が、妙《みょう》に今日はからんでくる。

わたしはなんだか頭にきて、そのままなにもいわず事務所に引っこんだ。

数日後、その日は、新規案件の打ち合わせのため、栃木《とちぎ》県某所《けんぼうしょ》へ足をのばすことになっていた。

「よっしゃ、ナビナビ……っと」

リモコンを手に取り目的地をセットする。

高速を利用するため、インターチェンジへ向かってわたしは車を走らせた。

「間もなく料金所です」

「この先の分岐《ぶんき》を右方向、関越道《かんえつどう》方面です」

「間もなく合流です。ご注意ください」

「わかってるからだまってれ！」

少々うるさく感じられるものの、〝文明の利器〟とは恐《おそ》らくこういうものだろう。

的確なナビの指示で、難《なん》なく目的地に到着《とうちゃく》した。

あれやこれやと打ち合わせに花がさき、「それでは」と現地を発《た》ったとき、時計はすでに夜10時半を回っていた。

空腹《くうふく》も限界をとうに過ぎ、いまはとにかくなんでもいいから、米が食べたいという衝動《しょうどう》にかられていた。

高速に乗ってしまうと、サービスエリアしかない。

そこでわたしは、先日取り付けたナビの性能を試《ため》すべく、下道を選択《せんたく》して帰宅《きたく》することにした。

国道をしばらく進むと、左手にうまそうなたたずまいのうなぎ屋が出現。しかも奇跡的《きせきてき》にまだ開いている。わたしは一も二もなくそこへ飛びこみ、特上うなぎをかっこんだ。

店前に設置された自動販売機《はんばいき》でお茶を買い、ふたたび自宅《じたく》目指して走りだす。

小一時間も走ったころだろうか。

道の左わきに、「これより群馬県××郡○○町」という看板《かんばん》が見えた。

（そういえば、このナビの出品者の住所、確かこの辺だったよなぁ……）

落札完了《かんりょう》通知が届《とど》いたとき、送料を気にして相手の住所を確認《かくにん》していたわたしは、確かにこの土地名を見ていた。

すると、不意にナビがしゃべりだした。

「８００メートル先、左方向です」

地図上の方位を確認《かくにん》すると、自宅《じたく》位置はあきらかに右斜《なな》め上の方向である。

「５００メートル先、左方向です」

真っすぐのびた道には、１キロほどの間隔《かんかく》で信号がついている。

どうやらナビは、次の信号を左折させたいらしかった。

（まあいいや。近道でもあるのかもしれないな……）

そのときはそんな軽い気持ちで〝彼女《かのじょ》〟の指示に従《したが》った。

車一台通っていない、いなかのさびしい道……。

左に折れたとたん、いままでにも増して暗闇《くらやみ》が濃《こ》く影《かげ》を落とし、わたしに強い後悔《こうかい》の念がわきおこった。

「おいおい……これはないだろう？　地図が真逆向いちゃったぞ！　どうなってんだ？」

前方を見ると、はるか先に点滅《てんめつ》する黄色の信号が確認《かくにん》できる。

（よし。あそこでUターンして、ちょっとナビで再検索《けんさく》かけてみよう）

前後から車がきていないことを確認《かくにん》し、ハザードを点《つ》ける。交差点でUターンしたあと、道の左側に車を停《と》めた。

ナビのリモコンを取り、再検索《けんさく》するために［設定］ボタンをおす。

そのとたんだった。

ここ………です

「え？」

ここ………です

ここ……です

ここ……です

ここ…です

ここです

ここです

ここです

ここです！

ここです!!

ここです!!!

ここです!!!!!


「うわあああああああああああっ!!」

いままでのアナウンスとはあきらかにちがう、かすれきった女性の声。

それが車の中全体にひびきわたる。なんどもなんども、同じ言葉をくりかえしている。

わたしは両手で耳をふさぎ、その場からのがれようと、シフトレバーに視線《しせん》を落とした。

そのとき、不意に左手にある黄色い看板《かんばん》が視界《しかい》に飛びこんできた。

[死亡《しぼう》事故現場]

「うわ! うわあああああ!」

命からがら、まるで逃《に》げるようにしてその場を立ち去った。

あまりの恐怖《きょうふ》に、その晩《ばん》は家には帰らず、友人を会社に呼《よ》んで夜を明かした。

翌日《よくじつ》、設楽《したら》が朝一番に出社してきた。

「あれっ、社長もしかして、泊《と》まりっすか？」

笑って答える気力も残っていない。

わたしは昨晩《さくばん》のことをそっくり彼《かれ》に聞かせた。

「やっぱり！」

設楽《したら》はそういった。

「……やっぱり？」

「あのナビ取り付けているとき、たまたま発見しちゃったんです……」

設楽《したら》の話はこうだった。

ナビゲーションシステムには、多数の配線が存在《そんざい》する。無論《むろん》それぞれ大事な意味のあるものだが、通常はそれらはきれいに束ねられて、ダッシュボードの内側にきちんと収《おさ》められている。

「その配線の多くに、激《はげ》しくすったような傷《きず》があったんです。それらをまとめて束ねてみると、配線に傷《きず》のある箇所《かしょ》がどれも一致《いっち》するんですよ。だから……」

大きな事故に見まわれた車から外されたもの……設楽《したら》はそう悟《さと》ったという。

「あのあと社長、いかって中入っちゃったからいえませんでした……」

中古パーツのすべてがそうだということではない。

しかし、たくさん売られている中古品の中には、こういったケースもあるのだ。

妖《よう》怪《かい》おとろし

床《とこ》についてほどなく、金しばりにおちいった。
（放っときゃあそのうち解けるだろ……）
と、たかをくくっていたが、どうやら先方はなんらかの意思表示をしたいようだ。
右を向いているわたしの側頭部を、てのひらで〝ぐぐぐっ〟とおしてきた。
これはいささか気味が悪い。
しかもだまっていれば、いい気になって、その力をどんどん強めてくる。
（な・ん・だ・よっ！）
声にならぬ声を発し、なんとかその状況《じょうきょう》から脱却《だっきゃく》しようと試みた。
すると……。

（うわわ！　ちょ、ちょっと！）
こんどはゆっくりと、首元からかけぶとんをまくっていくのだ。

ピタッピタッピタッ……
ピタッピタッピタッ……
ピタッピタッピタッ……

こんどは規則的な歩調で、フローリングの床《ゆか》の上で足ぶみしている。
しかもわたしのすぐ足元でこれをやっている。
これは気持ち悪い。
（さすがにがまんならん！）
そう思った瞬間《しゅんかん》、緊迫《きんぱく》から解きはなたれた。
「うおっ!!」

そのとたん、部屋の右側から左端《ひだりはし》にかけて、天井《てんじょう》に近いかべの高いところを、黒い大きな物体がすごいスピードで移動するのが見えた。

その姿《すがた》はまるで、子どものころに神社で遭遇《そうぐう》した、妖怪《ようかい》〝おとろし〟そのものだった。

鈴《すず》ヶ《が》森《もり》刑《けい》場《じょう》跡《あと》

その日は、ロケに参加するため、朝から神奈川県の辻堂《つじどう》へと向かっていた。途中《とちゅう》、渋滞《じゅうたい》に次ぐ渋滞《じゅうたい》で、当初の予定では、待ち合わせ時間の三十分前には着くはずだったのが、結局ぎりぎりですべりこむような到着《とうちゃく》になってしまった。

時間の都合もあり、予定していた辻堂《つじどう》のとあるポイントへと急行する。なぜ辻堂《つじどう》を選んだかというと、この本の7話目にある〈タンクローリー〉という体験談に出てくるポイントを、歩いてめぐろうと思い立ったからだった。

ところが近くまで行ってはみたものの、周囲は開発が進み、当時の面影《おもかげ》はまったくない。怪《かい》談《だん》を感じられる雰囲気《ふんいき》すらない。結局、辻堂《つじどう》でのロケは中止となった。

このままでは番組ができないので、とにかくどこかでよさそうなのを撮《と》らなければならない。

そこで帰路の途中《とちゅう》にある、鈴《すず》ヶ森《がもり》刑場跡《けいじょうあと》に向かうことにした。

なにがあっても、心霊《しんれい》スポットと称《しょう》されるところへ、わたしは行かないことにしている。

怖《こわ》いし……。

でも辻堂《つじどう》ロケをいいだしたのは自分だし、その責任もあって、あくまでもこれは〝歴史的旧《きゅう》跡巡《せきめぐ》り〟と自分にいい聞かせた。


実際行ってみると、お寺の中にいろんな物が集約されていて、それらしいところではないのだが、ここはまぎれもなくあの刑場跡《けいじょうあと》だ。

まずは線香《せんこう》を手向《たむ》けようと、寺務所に向かう。

お寺のおかみさんが笑顔《えがお》で応対してくださった。

「火をつけてさしあげますね」

「ありがとうございます。助かります」

しばらく待つと、火のついた線香《せんこう》をふた束、手にして、おかみさんがもどってきた。

しかし、なにかようすがおかしい。

「あ、あれぇ、なにかしらねこれ？　いつもはこんなことないんだけど……」

見ると、手にした線香《せんこう》の束が、ボーボーと音を立てて燃えさかっている。

「と、とりあえずこちらにいただきます。あ、あっちいなこりゃ！」

わたしは、火のついた線香《せんこう》の束を受け取ってはみたものの、ふた束とも、あっという間に灰《はい》になってしまった。

「新しいのをお持ちしましょう。これじゃいくらなんでもねぇ……」

すると、ちょうど出てきたお坊《ぼう》さんがいった。

「ここは、人数が多いからねぇ」

わたしは変に納得《なっとく》してしまった。


新しい線香《せんこう》を、おかみさんにお願いしていたときのことだ。

わたしはひとりでしばらく寺務所の外で待っていた。

すると慰霊碑《いれいひ》が立ちならぶ方から、人のさけび声のようなものが聞こえてきた。

「……かあぁぁぁ！　……かあぁぁぁ！」

（ああ、烏《からす》か……）

はじめはそう思った。

「……っかあぁぁぁぁぁ！　……っかあぁぁぁぁぁぁぁぁぁぁぁ！」

（い、いや、これは……人の声！）

そう思った瞬間《しゅんかん》だった。

「おっかあああああああぁぁぁぁぁぁぁ!!」

同時に頭の中に、ひとつの映像《えいぞう》が流れてきた。

うしろ手に縄《なわ》でくくられ、貧しい町人の男が引っ立てられていく。

そのうしろから年老いた母が追いすがるが、役人につきとばされ、地面につっぷして泣きくずれた。

有名な八百屋お七もここで火あぶりにされている。そのときの柱の台座《だいざ》が、いまもなおひっそりと残されている。

二百年以上にわたり、この地では極刑《きょっけい》が執行《しっこう》されてきた。

その数なんと十万人とも二十万人ともいわれている。しかもあろうことか、その半数ほどは冤罪《えんざい》だという。

司法など存在《そんざい》せず、金の重さが命の重さであり、代官のさじ加減ひとつで、悪人が善人《ぜんにん》に、善人《ぜんにん》が悪人に変わってしまう時代。

その昔、この場所で刑《けい》に処《しょ》された〝善人《ぜんにん》〟は、いったいどのくらいにのぼるのだろうか。

この地の歴史をかんたんにメンバーに聞かせ、新しくつけてもらった線香《せんこう》を手向《たむ》けて手を合わせ、われわれはこの場をあとにした。

ひとり増えてる…

関西在住の友人、Kさんから聞いた不思議な話だ。

Kさんが社会人になりたてのころ、小学生時代の友人から、食事会の誘《さそ》いがあった。

その日は特に用もなかったので、仕事が終わるとすぐに向かい、男四人女四人で飲み食いしてさわいでいた。

じきにお開きとなったが、全員、名残《なごり》おしそうにしている。しかし男性のうちふたりが「いまから、友だちに返しに行かなあかん物があんねん」という。

そのまま、二次会へと流れこもうかと思っていた矢先だったので、残念がっているとふたりはこういった。

「いっしょにくる？　まあ、車で行って帰ってくるだけやけど」

軽い調子で誘《さそ》ってくれた。

それではと車に乗りこみ、Kさんと女性ひとりが、ふたりについていくことにした。

そこから車は、滋賀県《しがけん》方面をひたすら走っているようであったが、Kさんは途中《とちゅう》からねむくなり、シートにもたれてウトウトとしていた。

正直な所、単純《たんじゅん》に夜のドライブが目的で、なにをどこへ返しに行くのかなど、Kさんにとってはどうでもいいことだった。


それからしばらくして、ある街の一角で車は止まった。

ねむい目をこすりながら外へ出てみると、なにかのお店のようだ。

すでに日付が変わる深夜。当然ながらあかりは消え、店はしーんと静まりかえっている。

ところがふたりの男たちは、まるで自分の家にでも入っていくように、引き戸を開けて平然と入っていった。

Kさんと女性も、ふたりに続いていく。

店の中は寿司屋《すしや》か活魚料理店のような感じであり、入って左手にカウンター、そのおくには厨房《ちゅうぼう》があるようだった。

右手には広いお座敷《ざしき》があって、そこからおくは暗くて視界《しかい》が届《とど》かない。

「おるかなあ」

「ねてるんちゃう?」

男性たちがヒソヒソと、そんなことをささやきあっている。

それを聞いたKさんは、そこが住居兼店舗《けんてんぽ》なのだと思った。


それにしても、店の暗さは尋常《じんじょう》ではなかった。

外の方がむしろ明るいくらい、店の中は闇《やみ》が支配していた。

あかりを点《つ》けないまま、男性たちは右側のお座敷《ざしき》に上がっていった。

つられるようにして、Kさんと女性も座敷《ざしき》へ上がるが、なんともいえない不安がKさんにおし寄せてきた。

だれかが現れるでもなし、当初いっていた「なにかを返す」わけでもなし、いったいここでなにをしようというのか、不安は募《つの》る一方だった。

ふとKさんが男性のひとりを見ると、どこから出してきたのか、クシュクシュっとした、なにか黒いかたまりを広げている。

その男性が「久しぶりにやろか」というと、もうひとりの男性も「おう！」と返す。

それからふたりは、とても不思議な説明をしだした。


そのかたまりを広げると、まるで毛糸のような物で作った、リング状のものが現れた。

そのリングが四重になっており、5、6センチ間隔《かんかく》でなにかで留めてある。

リングの直径は1メートルぐらいで、見たこともない不思議な物体だった。

「ひとりずつこれをくぐると、ひとり増えるから」

「えっ、どういう意味？」

Kさんはなんどか聞きかえすが、返ってくる答えは「この輪をくぐるとひとり増える」とだけ。

要するに、全員がその輪を頭からくぐりおえたとき、もともとそこにはいなかったはずの、ひとりが増えているというのだ。

「そんな怖《こわ》いこといやだ！」

まず女性がいい、Kさんも反対した。

ところが男性陣《だんせいじん》は「やらないと送らない」などといいだし、Kさんも女性もなかば強制的に、その妙《みょう》な〝儀式《ぎしき》〟に参加するはめになった。


「順番は忘《わす》れましたが、くぐった瞬間《しゅんかん》、ひとりの男性のうでをつかんでわたしは目をつぶりました。怖《こわ》さをまぎらわせるため、わたしと女性はわざと明るくふるまっていました。

女性はキャーキャーいって怖《こわ》がり、それを見た男性陣《だんせいじん》が笑ってからかう……というおかしな時間が過ぎてゆきました」


すると不意に、男性がKさんの肩《かた》をつかみ、ずいっと顔を寄せてきたのがわかった。

その瞬間《しゅんかん》、Kさんはすぐにおかしいと感じた。


「女性のにおいがするんです。昔、お土産《みやげ》などでもらった覚えのある、におい袋《ぶくろ》の香《かお》りが……」

直後にKさんの頭の中に、はっきりとある画像がうかんだ。

うす紫《むらさき》色の和服をまとった、女性のうしろ姿《すがた》。それも、うなじが異様《いよう》に長い。

「その人が、うしろ姿《すがた》のまま、わたしの背中《せなか》に迫《せま》ってくるというイメージがわき、恐怖《きょうふ》が爆発《ばくはつ》しました」

その瞬間《しゅんかん》、ちょっと待ってと、Kさんはさけび声をあげ、みんなをおしのけて店の外に飛び出た。

そこで妙《みょう》な〝儀式《ぎしき》〟は終わり、男性たちに自宅《じたく》近くまで送ってもらい、ことなきを得たという。

その男性たちに、それ以降《いこう》会うことはなかったが、Kさんは、そのときいっしょだった女性に、後日、そのときのことを聞いてみた。

「確かにひとり増えてた……女だったと思う」

そういっていたという。

タオルケット

もう十数年たつだろうか。

わたしをとても愛してくれた祖母が亡《な》くなった。

1歳《さい》を過ぎたばかりのわたしを置いて、涙《なみだ》をふきふき、母は仕事のために東京へとひとり旅立っていった。母のうしろ姿《すがた》を追って、わたしは大泣きした。

そのわたしをしっかりとだき、ともに涙《なみだ》に暮《く》れる祖母の声と顔を、わたしはいまでもはっきりと思いだすことができる。

「あのときのあなたは、本当に不憫《ふびん》だった」

母がもどってきたあとも、そのときのことをときおり思いだしては、祖母はよく泣いていた。

ある年の夏に、連れ合いである祖父が他界し、その後はわたしの母が引き取って、札幌《さっぽろ》の実家で、母は祖母と生活をともにすることとなった。

祖母は物腰《ものごし》のやわらかい、柔和《にゅうわ》な人だったが、霊的《れいてき》な部分に対しての勘《かん》が非常に鋭《するど》かった。わたしが子どものころは、よく不思議な体験談を聞かせてくれたものだ。


そんな祖母も寄る年波には勝てず、あるころから病院にかかりきりとなり、いつしかそのまま入院することとなった。家族のもとをはなれた祖母は食が細くなり、次第《しだい》に衰弱《すいじゃく》していき、ほどなくして満足に会話することもできなくなった。

「いますぐ危篤《きとく》というわけではないけれど、まだ意識がハッキリしているうちに会っておきなさい」

東京に出てきていたわたしに、母から連絡《れんらく》が入り、わたしは取り急ぎ、祖母の入院する病院へとかけつけた。重たい雪の降《ふ》る、寒い日だった。

酸素吸入器《きゅうにゅうき》を取りつけられ、うつろな目をしていたが、わたしの顔を見たとたん、なんども

「うんうん」とうなずき、しわくちゃになった顔を、懸命《けんめい》にほころばせて、にっこりと笑って見せた。
結局会話らしい会話もできないまま、数日後、祖母は旅立っていった。
昔の人たちは、人の体を老少不定、〝病の器《うつわ》〟とたとえた。生きていればこそ必ず老いてい
き、けがもすれば病気にもかかる。それは老若《ろうにゃく》とは無関係で、すべての人に死は平等に訪《おとず》れ、
いつどうなるかを見定めることはできないとさとした。
わたしもそれは承知の上で生きてきたし、これから先も変わらない。
だがやはり、近しい身内が亡《な》くなるのはさびしく、ましてそれが、自分をかわいがってくれ
た人となればなおさらだった。
祖母の死から、一年がたった。
わたしは友人数人と出資しあい、小さなガレージを借りて、古い車を修理・復元するレスト
ア業務を始めていた。
最初は、自分たちの車を直すためだけの試みだったが、そのうちに本格的な機材もそろいは

じめ、うわさがうわさを呼《よ》んで、さまざまな古い名車たちが入ってくるようになった。

その日、わたしは知人から預かった、一台のスポーツカーに取りかかっていた。

がっちりと固定されたナットをはずすことができず、数時間に及《およ》ぶ苦戦を強《し》いられていた。

扱《あつか》う車自体が数十年もまえのモデルであり、ふだん乗られていないだけに、かたく固まった
ビスやナット・ボルト類に悩《なや》まされることは、決してめずらしいことではない。

しかし、その日のそれは頑固《がんこ》すぎた。

通常であれば、難《なん》なくゆるめることができるはずの機械もまったく用をなさず、弛緩《しかん》効果の
ある薬剤《やくざい》をかけても動く気配がない。

「いやいや、まいったなこれ。どうしたもんかなぁ」

わたしは思わず、めったに口にしない泣きを入れた。

すると、すぐそばでもう一台の車に取りかかっていた、いちばんの若手《わかて》である加藤《かとう》がいった。

「どうですかね。すこしたたいてみて、機械に頼《たよ》らずレンチでこじってみたら？」

確かにわたしは、この機械なら絶対はずれるはずという固定観念にとらわれ、基本となるレ

ンチでの作業をおこたっていた。

車が傷《いた》まないよう小さなハンマーでなんどかたたき、レンチを装着《そうちゃく》すると、全身の体重をかけて力いっぱいむこうへおしてみた。


ガコッ！

「うわっと！」

そのとたんナットはゆるんだが、レンチがむこう側へと動き、ガッチリとにぎっていたわたしの手もろとも、部品との間にはさまってしまったのだ。

わたしはその瞬間《しゅんかん》走った痛《いた》みにたえかね、はさまった手を力任せに引きぬいてしまった。

「うっわぁ、いってぇ！」

着けていた軍手がじんわり生暖《なまあたた》かくなったかと思うと、見る間に真っ赤な柄《がら》ができていく。

無理に手を引きぬいたせいで、わたしの手の甲《こう》を通る血管が切れ、大量の血液がふきだしたのだ。

加藤《かとう》がさけんだ。

「うわわ、なんすか！　けがしたんですか！」

「見ての通りだよ。ちょっと悪いけど、新しいウェス持ってきてくれ」

ウェスというのは、作業に使うためのボロ切れのことだ。工具業者が持ってきてくれるもので、数十枚《まい》がひと束になっている。

Tシャツの切れはしであったり、タオルであったり、さまざまな古布をまとめたものだが、基本は吸水性《きゅうすいせい》に富んだ素材が多いので、この手の作業をする際には、大変重宝《ちょうほう》する。

「はいこれウェス！　うわ〜、すんごい血が出ちゃってるじゃないですか〜！」

「大丈夫大丈夫《だいじょうぶだいじょうぶ》。これくらいどうってことない。こうしておさえてりゃ止まるって」

わたしは加藤《かとう》から手わたされた数枚《すうまい》のタオル地のウェスを傷口《きずぐち》にあてがい、しばらくいすに座《すわ》ってじっとしていた。

不思議と痛《いた》みが和《やわ》らぎ、あれだけ流れ出ていた血液が、ピタリと止まったように感じた。

（ふう、ようやく血も止まったな。あとはばんそうこうかなんかはっとけば……）

そう思ったときだった。

ピ～ポ～ピ～ポ～ピ～ポ～ピ～ポ～

救急車がやってきてガレージのまえで停車した。

「おまえ、救急車呼《よ》んじゃったの!?」

わたしは加藤《かとう》にいった。

「だっだっだって、ものすごく血が出てるし……」

「だっだっだじゃねえよ、大丈夫《だいじょうぶ》だよこんなの！」

ほどなくして救急車から、二名の隊員が降《お》りてきた。

「ええと、あなたですね、けがをされたのは。ちょっと傷《きず》を拝見《はいけん》します」

いわれてウェスを取り、傷口《きずぐち》を見せる。

そのとたん、なんともいえない不思議な表情をして、隊員がわたしを見ている。

「この床《ゆか》を見る限り、かなりの出血があったと思われるんですが、もう止まってますね……。でも一応破傷風《はしょうふう》の危険性《きけんせい》もあるので、病院に搬送《はんそう》します」

きてしまったものは仕方がない。

隊員にうながされるまま、わたしは救急車へと乗りこみ、けたたましいサイレンとともに、近隣《きんりん》の外科《げか》医院へと向かうことになった。

救急車に乗りこむと、隊員がいった。

「その布を取ってください。こちらの新しいものと交換《こうかん》します」

「い、いや、大丈夫《だいじょうぶ》です」

「なんです？」

「いまこうしてるのが、いちばん落ちつくので、このままにしておいてください」

「そうですか？　雑菌《ざっきん》が入ると困《こま》るので、こちらのものを使っていただきたいんですが……」

わたしはそれには答えず、流れる外の景色を目で追っていた。

そしてなにげなく、本当になにげなく、いま手にあてているタオル地のウェスに、視線《しせん》を落とした。

「……うそだろ。ばあちゃん……」

いままで気づかなかったが、一枚《いちまい》のタオルに小さなタグがついている。

そこには黒いマジックで〝中村静〟と書かれていた。

祖母が最期《さいご》を迎えた病院に入院したとき、患者《かんじゃ》の中に同じ〝中村〟という人がいるからと、祖母が自分の名前を書いたのだ。

しかもそのとき、一目でわかるようにと記した、かわいい花柄《はながら》が〝中村〟と〝静〟の間にくっきりと残っていた。

それは祖母が亡《な》くなったときに、そのまま病院に置いてきた、タオルケットの切れはしだった。おそらく、病院が廃棄《はいき》業者に出したものが、その後ウェスを作る業者にわたり、細かく裁《さい》断《だん》されたのちに、わたしのガレージへとめぐってきたのだろう。

これを偶然《ぐうぜん》と一笑《いっしょう》に付すのは、たやすいことだ。

でもわたしは、そこにまちがいなく亡《な》き祖母の心を感じた。

死んでもなお、わたしを護《まも》ってくれているという、祖母らしい慈愛《じあい》に満ちた温かみを感じずにはいられなかった。

最後に

本シリーズ続刊が伝えられたとき、わたしの中に光明が降《ふ》りそそいだ。

わたしが若《わか》い読者に最も伝えたいと願う『命について』ということが、広く受け入れられた証《あかし》だと思ったからだ。


よくドラマや映画《えいが》の中で、こんなシーンを目にすることがある。

ささいなことが原因で勃発《ぼっぱつ》した親子げんか。どうにも収拾《しゅうしゅう》のめどが立たず、ついに子どもがこんなことを口走る。

「頼《たの》みもしないのに、あんたが勝手におれを産んだんだろ！」

「なんてこというの！」「うるせえっ！」となり、息子《むすこ》は家を飛びだしてしまう。

そういうわたしも、中学生くらいのころに、母にそんな言葉を投げかけてしまった経験がある。

しかし大人になり、ひょんなことから出会ったひとりの僧侶《そうりょ》に、こんなことをいわれた。

「中村さん。人というのはね、ちゃんと親を選んで生まれてくるんだよ。たまたま偶然《ぐうぜん》に、その親から生まれるんじゃない。自分でちゃんと親を選んで、それを自覚してこの世で人となるんだ」

もちろん科学的な証明も、裏付《うらづ》けもないだろう。

でもそれを聞いたわたしの胸《むね》に、巨大《きょだい》な衝撃《しょうげき》と後悔《こうかい》の念がおしよせ、いてもたってもいられぬ気分になったのを、いまでもはっきりと覚えている。

それからわたしはひとりの男の子と知りあった。

小学一年のその子は、はっきりとした口調で「ぼくには死んだ人が見える」といった。

アニメかなにかに感化された上でのことかもと思い、よくよく彼《かれ》の話を聞いてみる。どういう風に見えるのかなどをつきつめていくと、わたしが感じる図式とよく似ている。その子もまた〝見える人〟なのだと実感した。

わたしはその子にこんな質問をしてみた。

「お母さんのおなかの中にいたときのこと、もしかして覚えてる？」

するとその子は強くうなずいて、こんな話を聞かせてくれた。

「あのね。ぼくは生まれるまえ、小さな光の粒《つぶ》でね、たくさんの友だちたちと宇宙《うちゅう》にいたの」

生まれるまえの記憶《きおく》を〝胎内記憶《たいないきおく》〟というが、彼《かれ》の表現は、胎内記憶《たいないきおく》の研究者が同様の発表をしている。わたしもその論文《ろんぶん》を読んだことがあった。

続けて彼《かれ》のいった言葉に、わたしは思わず涙《なみだ》がこぼれそうになった。

「宇宙《うちゅう》をふわふわただよっていたら、とっても楽しそうな笑い声が聞こえたの。あそこに行ったら、きっと楽しいだろうな、幸せだろうなって思ったの。そう思いながら、そっちに向かって飛んでいったら、いつの間にかお母さんのおなかの中に入ってたんだよ」

むろん彼《かれ》のいうことにも確証はない。

でもわたしはそれを信じてやまないし、それがどの子にとっても事実であると心から願っている。

わたしは数年前から、怪談《かいだん》をツールとした道徳の授業、〝道徳怪談《かいだん》〟を展開《てんかい》している。

〝道徳怪談《かいだん》〟の授業を受ける方には、かならず守ってもらうある約束事がある。

〝親子で参加すること〟そして〝親子でとなり同士に座《すわ》ること〟だ。

これが実に大事なのだ。

怪談《かいだん》は、だれかがどこかで亡《な》くなった上でできるもの。人の死を無視《むし》しては成り立たない。

だからこそ、怪談《かいだん》には人と人との縁《えん》やつながりがあり、そこに生と死、命の儚《はかな》さ、尊厳《そんげん》、大切さが生まれる。

その人と人との〝いちばんのつながり〟、基本が親子ではないかと思う。

その絆《きずな》を再確認《かくにん》してもらい、さらに強いものにする。わずかながらでもそこに力添《ちからぞ》えできるならと願いつつ、今日も怪談《かいだん》をおくりつづける。

中村まさみ
北海道岩見沢市生まれ。生まれてすぐに東京、沖縄へと移住後、母の体調不良により小学生の時に再び故郷・北海道に戻る。18歳の頃から数年間、ディスコでの職業ＤＪを務め、その後20年近く車の専門誌でライターを務める。
自ら体験した実話怪談を語るという分野の先駆的存在として、現在、怪談師・ファンキー中村の名前で活躍中。怪談ネットラジオ「不安奇異夜話」は異例のリスナー数を誇っていた。全国各地で怪談を語る「不安奇異夜話」、怪談を通じて命の尊厳を伝える「道徳怪談」を鋭意開催中。

著書に『不明門の間』（竹書房）、オーディオブックＣＤ「ひとり怪談」「幽霊譚」、監修作品に『背筋が凍った怖すぎる心霊体験』（双葉社）、映画原作に「呪いのドライブ　しあわせになれない悲しい花」（いずれもファンキー中村・名）などがある。

●校正　株式会社鷗来堂
●装画　菊池杏子
●装丁　株式会社グラフィオ

怪談 5分間の恐怖　ひとり増えてる…

発行	初版／2017年9月　第6刷／2023年11月
著	中村まさみ
発行所	株式会社金の星社 〒111-0056　東京都台東区小島1-4-3 TEL　03-3861-1861（代表）　FAX　03-3861-1507 振替　00100-0-64678　ホームページ　https://www.kinnohoshi.co.jp
組版	株式会社鷗来堂
印刷・製本	図書印刷株式会社
	232ページ　19.4cm　NDC913　ISBN978-4-323-08116-8
	乱丁落丁本は、ご面倒ですが小社販売部宛にご送付ください。 送料小社負担でお取り替えいたします。